# पेंगुइन स्वदेश

## आवाज़ें

अमृता प्रीतम पंजाबी के सबसे लोकप्रिय लेखकों में से एक थी। अमृता प्रीतम का जन्म 1919 में गुजरांवाला पंजाब (भारत) में हुआ। उनका बचपन लाहौर में बीता और शिक्षा भी वहीं हुई। किशोरावस्था से उन्होंने लिखना शुरू किया। उन्होंने सौ से अधिक कविताओं की किताब लिखी, साथ ही फिक्शन, बायोग्राफी, आलेख और आटोबायोग्राफी लिखकर साहित्य में नया मुकाम हासिल किया। इनकी तमाम पुस्तकों का कई भारतीय भाषाओं सहित विदेशी भाषाओं में भी अनुवाद हुआ। अमृता प्रीतम पहली महिला लेखिका हैं, जिन्हें 1956 में साहित्य अकादमी पुरस्कार मिला। 1982 में उन्हें *कागज ते कैनवास* के लिए ज्ञानपीठ पुरस्कार मिला। 2004 में पद्मविभूषण भी प्रदान किया गया।

# आवाज़ें

सम्पादन
अमृता प्रीतम

लिप्यांतर
राजेश चन्द्रा

पेंगुइन स्वदेश
पेंगुइन रैंडम हाउस इंप्रिंट

**पेंगुइन स्वदेश**

यूएसए। कनाडा। यूके। आयरलैंड। ऑस्ट्रेलिया। सिंगापुर
न्यू ज़ीलैंड। भारत। दक्षिण अफ्रीका। चीन

पेंगुइन स्वदेश, पेंगुइन रैंडम हाउस ग्रुप ऑफ़ कंपनीज़ का हिस्सा है,
जिसका पता global.penguinrandomhouse.com पर मिलेगा

पेंगुइन रैंडम हाउस इंडिया प्रा. लि.,
चौथी मंज़िल, कैपिटल टावर-1, एम जी रोड,
गुरुग्राम 122 002, हरियाणा, भारत

पेंगुइन
रैंडम हाउस
इंडिया

प्रथम हिन्दी संस्करण हिन्द पॉकेट बुक्स द्वारा 2001 में प्रकाशित
प्रस्तुत हिंदी संस्करण पेंगुइन स्वदेश में पेंगुइन रैंडम हाउस द्वारा 2026 में प्रकाशित



10 9 8 7 6 5 4 3 2

इस पुस्तक में व्यक्त विचार लेखक के अपने हैं, जिनका यथासंभव तथ्यात्मक
सत्यापन किया गया है और इस संबंध में प्रकाशक एवं सहयोगी
प्रकाशक किसी भी रूप में उत्तरदायी नहीं हैं।

ISBN 9789353494865

मुद्रकः रेप्रो इंडिया लिमिटेड



www.penguin.co.in

FSC www.fsc.org MIX Paper from responsible sources FSC® C047271

This is a legitimate digitally printed version of the book and therefore might not
have certain extra finishing on the cover.

अमन की हसरत से भरी ये आवाज़ें
हक़ और सच के प्रतीक मीरदाद के नाम!

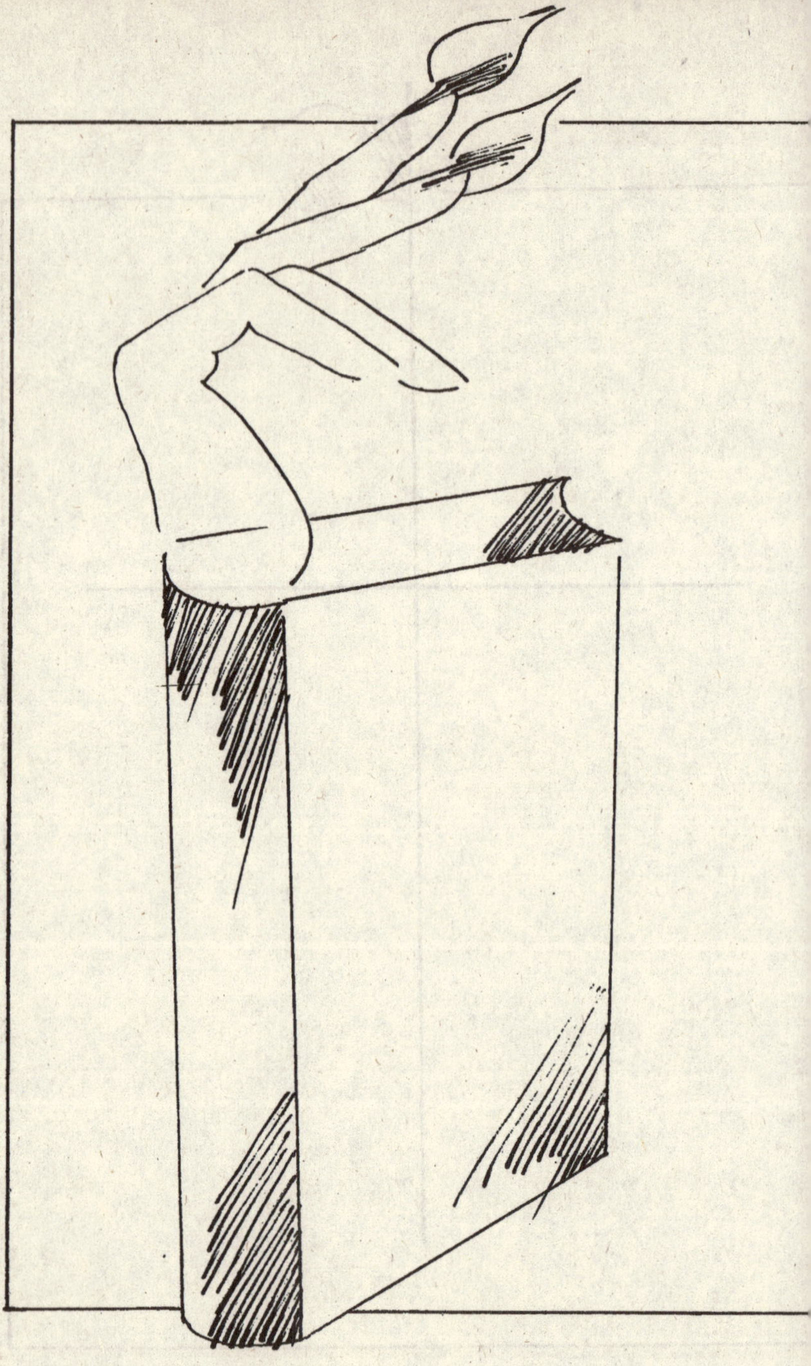

# दलाई लामा

(तिब्बत से जलावतन)

## हमारे युग की विडम्बना

हमारे पास घर बड़े हैं
और परिवार छोटे
बहुत सुविधाएं
लेकिन समय कम
बहुत उपाधियां हैं,
लेकिन बोध नहीं
बहुत जानकारियां
लेकिन निर्णय कम
बहुत विशेषज्ञ, लेकिन बहुत समस्याएं
दवाइयां बहुत, लेकिन स्वास्थ्य कम

हम चांद पर जा कर लौट चुके हैं
लेकिन नए पड़ोसी से मिलने के लिए
सड़क पार करने में हमें कई दुश्वारियां
बहुत सूचनाएं लेने के लिए,
पहले से कहीं ज़्यादा प्रतियां तैयार करने के लिए
हमने बहुत कम्प्यूटर बना लिए
लेकिन संवाद कहीं नहीं.....

परिमाण में बहुत आगे
लेकिन परिणाम में बहुत पीछे
यह वह वक़्त है
जब फ़ास्ट फूड और मंद पाचन
बड़े आदमी और छोटे चरित्र
बड़े मुनाफ़े और तंग रिश्ते

यह वह समय है
जब खिड़की में ज़्यादा है
कमरे में कुछ नहीं.......

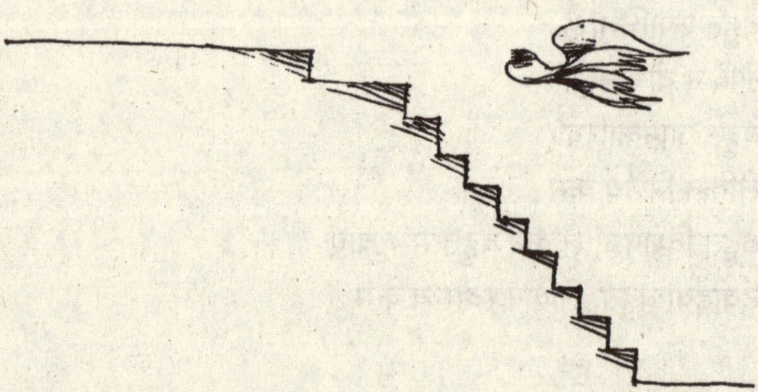



12 ॰॰ आवाज़ें

# जाने वह कौन था

(मिस्र)

*किसी प्राचीन काल में पेपरस पौधे की डंडियों से काग़ज़ बनाया जाता था। मिस्र की खुदाई से ऐसे काग़ज़ों पर लिखी जो इबारतें मिली हैं, उनमें एक क़ब्र से मिली एक नज़्म भी है जो जाने कितना अज़ाब सहने के बाद किसी ने आत्महत्या करने से पहले लिखी थी, पर कोई नहीं जानता कि वह कौन था और उसके साथ क्या हुआ।*

आज मेरे सामने मौत ज़ाहिरा खड़ी है
जैसे बरसों से किसी बीमार को
अब शफ़ा मिलेगी
एक बंदीख़ाने से जैसे कोई रिहा होता है
ज़ाहिरा मौत इस तरह लगती है
जिस तरह कमल-फूलों से एक महक आती है
और नशीली धरती के किनारे |
जैसे कोई आराम फ़रमा रहा हो

मैं ऐसे बेक़रार हूं मौत के लिए
जैसे घर जाने का वक़्त आ गया
मैं कोई वह हूं
जिसने बरसों कारागार में गुज़ारे हैं

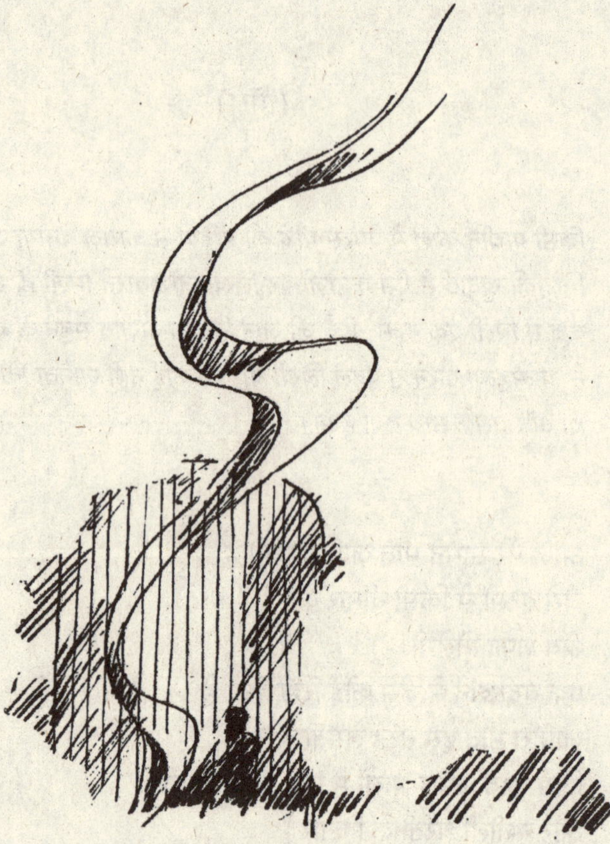


14 ◦|◦ आवाज़ें

# जिओफ़रे हारिस नापे

(अफ्रीका)

परछाइयों की भीड़ दाग़-दाग़ करती है
हर पेड़ मेरा कुर्ता सी रहा
चीड़ के पेड़ से बहते हुए क़तरे
मुझ पर टपक जाते,
मैं  महक जाता
आख़िर बैठता, सांस लेता
और एक गिलहरी की तरह
अमन लफ़्ज़ कुतर-कुतर खाता...

# माज़िसी कुनैने

(अफ्रीका)

अम्बर में एक महाहुकई हुक्का पी रहा
धुएँ के बादल सब्र से उठे
लाखों तसव्वरात ख़ून में फैल गए
वे सूरज का एक्स-रे करते
कि उसकी खोपड़ी में कहीं ख़ून तो नहीं?
फिर घूमते, दांत पीसते
फिर बेशुमार मेह बरसता
अम्बर को फाड़ता
क्या धरती उसके आंसू संभाल पाएगी?
जाने ख़ुदा क़यामत कब आएगी!

हम कीड़ों की बांबी पर बैठे
एक हजार साल से
रोज़ कल की बात करते
कल-जो बादलों में लटकता है

और जिस पर हमारे साए लटकते
कुछ होगा
जब दक्षिण की खाई में आ कर
वो महाहुकई हुक्का भरेगा.......

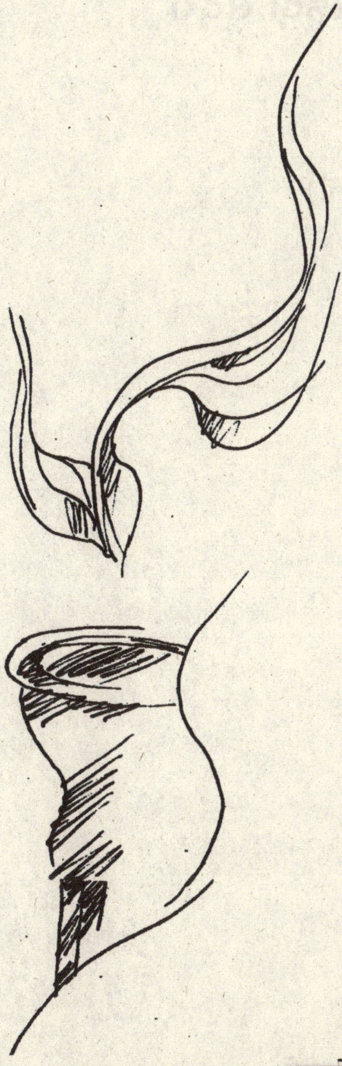

# लोते : एक यहूदी सुंदरी

(जर्मनी)

कंसंट्रेशन कैम्प में
जाती हुई मां का ख़त लोते के नाम!

मेरी यह सबसे अकेली रात है
हमें वो कहीं ले जा रहे हैं
कहां? यह कोई नहीं जानता
क्यों? यह कोई नहीं जानता
पर आज मेरी, आंख में
एक भी आंसू नहीं
कि ऐसे हश्र की गाथा
आंखों में नहीं समाती
यह भयानक कितना भयानक है
कि आंखों में कल्पना भी नहीं रहती
मेरे बच्चो!
जब मुहब्बत खो जाती है

तब नफ़रत छाती में उग आती है
और नफ़रत इंसान को
ज़िंदा क़ब्रों में बदल देती है
हर मां की कोख़ को लगी हुई
है नफ़रत एक गाली है........

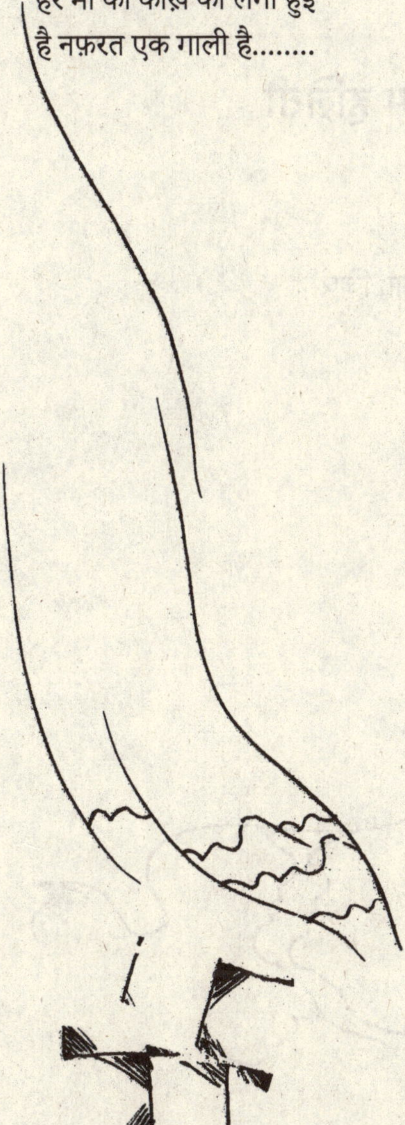

# बैराम हलिती

रोमा, जिप्सी

## बस राख बची है

वे दूर देश से आए
आदमी, औरत, बच्चे,
भूखे, प्यासे, नंगे पैर
वो रोमा हैं,
चीथड़ों में लिपटे,
कीचड़ों से गुज़रते।
ज़मीन के वादे
उन्हें बुलाते हैं।
अपना घर, अपना खेत,
अपने चूल्हे
ये शब्द उनके लिए
झूठे......

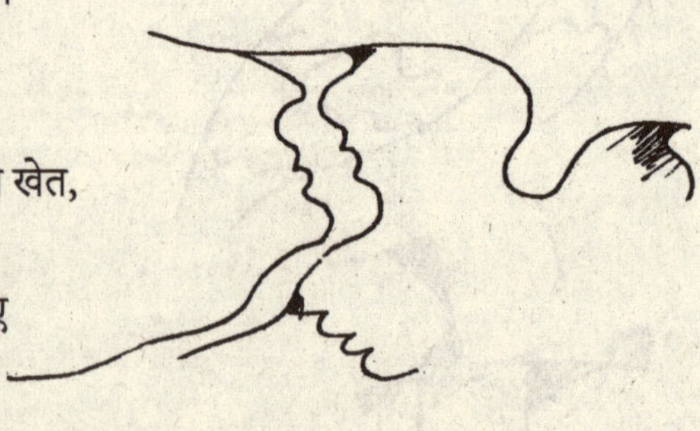

वे दुःख भरे लोग।
बस गैस-चैम्बर उनका घर है।
उनके बच्चे कांप रहे,
नींद से महरूम
उनकी भूमि
बस सांस लेते जिस्मों का
एक अम्बार है।
जहां कभी सपने थे,
सफ़ेद घोड़े,
फैली हुई जमीन,
वहां अब सिर्फ़ राख है।
बच्चे की मासूम मुस्कान
आकाश में वाष्पित हो गई है।
ख़ुदा तुम्हारा साथ दे!

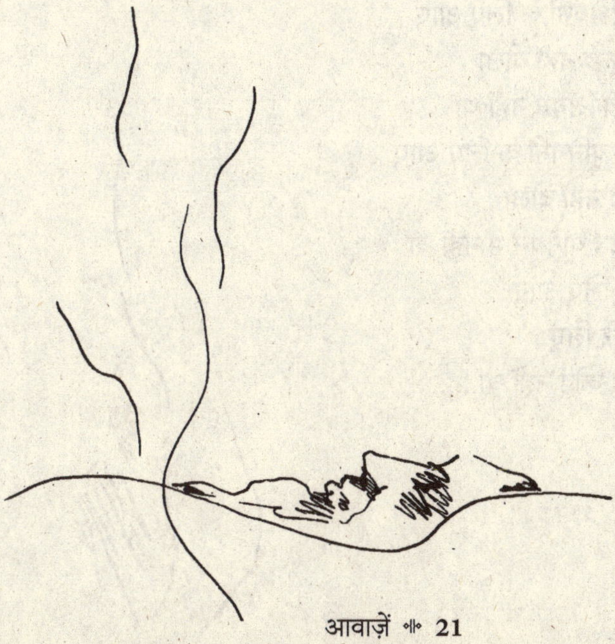

# पास्टर नीमोलर

(जर्मनी)

पहले वो यहूदियों के लिए आए
और मैं कुछ नहीं बोला
क्योंकि मैं यहूदी नहीं था
फिर वो क्रिश्चियनों के लिए आए
मैं तब भी कुछ नहीं बोला
क्योंकि मैं क्रिश्चियन नहीं था
फिर वो ट्रेड यूनियनों के लिए आए
और मैं कुछ नहीं बोला
क्योंकि मैं ट्रेड यूनियन में नहीं था
फिर वो मेरे लिए आए
और अब मेरे लिए
बोलने वाला कोई नहीं था.....

# पाब्लो नेरूदा

(चिली)

घर की गृहणी !
राह के मुसाफ़िर !
जब मैं ज़िंदा नहीं रहूंगा
उसके बाद कभी-कभी
तुम यहां देखना
इस जगह
पत्थरों और सागर के दरम्यान
तूफ़ानों की रोशनी में
यहीं देखना, इसी जगह
मैं लौट आऊंगा
ख़ामोश, कोई नैन-नक्श नहीं होंगे
न कोई आवाज़
मैं  पानी की एक लहर बनूंगा
अपने दिल की धड़कन होकर
पर शायद पत्थर बनूंगा,

ख़ामोश।

जी हां,
मैं कई बरस उसके संग रहा
उसके पत्थर से हो रहे बदन के साथ
वह थका हुआ था
जाने कहां मां-बाप छूट गए
अपने बच्चे, ससुराल के लोग
और अधखुली किताबें
दरवाज़े पर दस्तक हुई
उसने कपाट खोल दिए
और सामने पुलिस खड़ी थी
पुलिस के हाथ पड़ना
फिर बदन को पहचान सकना
बहुत मुश्किल है

वह डेनमार्क, इटली, फ्रांस
जहां भी जाता रहा
होंठों से ख़ून थूकता रहा
वह क़त्ल हुआ
वह सूरत जाने कहां गई
साथ ही ख़ामोशी मर गई....

एक बार आंधियों की रात थी
जब बर्फ़ ने पर्वतों पर
सफ़ेद चादर बिछा दी
मैंने दूर से देखा—
मेरा वह दोस्त घोड़े पर सवार

मौसमों की क्या मजाल
जो उसे छू सकें, कुछ कह सकें
शायद उसके कानों में
कराहट थी मज़लूमों की
उसके सामने
जलावतनी ज़ाहिर थी
वह अब पत्थरों में ढल गया
अपने वतन के पत्थरों में बसता है....

(वह का संकेत एक रूसी शायर की ओर)

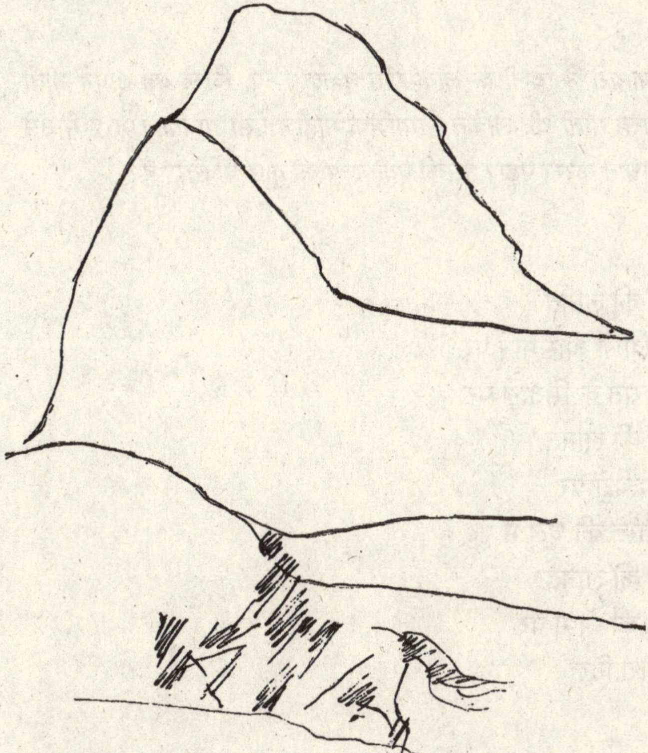

# वायोलेता पारा

(1917-1967, चिली)

*इस शायरा ने चिली के लोक-गीत इकट्ठा किए, जिन्हें वह अपने गीतों की तरह गाती थी; लेकिन सामाजिक माहौल ऐसा था कि 1967 में उसे आत्मघात करना पड़ा। उसकी एक नज़्म की कुछ पक्तियां हैं :*

ख़ुदा की लानत
इस ख़ाली आसमान पर
और रात के सितारों पर
ख़ुदा की लानत
इन पत्थरों पर
जो रास्ते की धूल में पड़े हैं
ख़ुदा की लानत
चूल्हे की आग पर
कि मेरा दिल

एक कच्चे मांस का टुकड़ा है
ख़ुदा की लानत
वक़्त के क़ानूनों पर
जो हमारी पीड़ा को छलते हैं

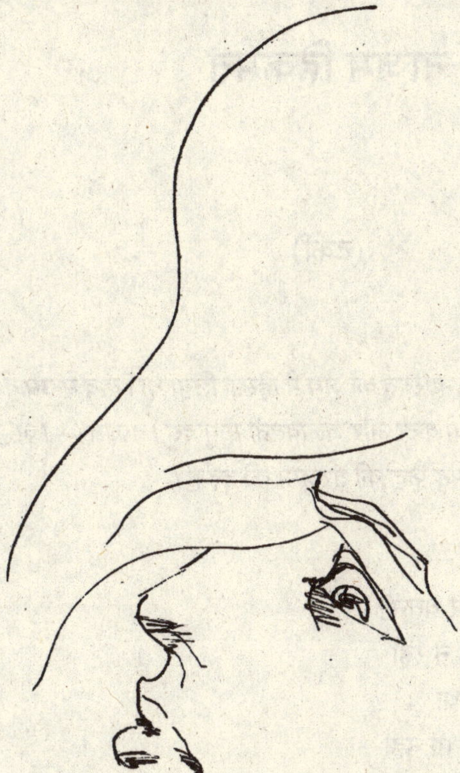

# नाजम हिकमत

(टर्की)

*इस शायर ने टर्की में जम्हूरियत की जंग में हिस्सा लिया था। बाद में उम्र का अधिकतर हिस्सा क़ैद में कटा और जलावतनी में गुज़रा। वफ़ात—1963 में यह नज़्म फ़ैज़ अहमद फ़ैज़ की तरजुमा की हुई है।*

ओ मेरे वतन! ओ मेरे वतन!!
मेरे सिर पर वह टोपी न रही
जो तेरे देश से लाया था
पांव में अब वह जूते भी नहीं
वाकिफ़ थे जो तेरी राहों से
मिरा आख़िरी कुर्ता चाक हुआ
तेरे शहर में जो सिलवाया था
अब तेरी झलक
बस उड़ती हुई रंगत है मेरे बालों की

यह झुर्रियां मेरे माथे पर
या मेरा टूटा हुआ दिल
वाह मेरे वतन!
वाह मेरे वतन!!

# राशा हुसैन

(फिलिस्तीन)

चरस के हुक्के
जावा में औंधे पड़े हैं
और बांझ रास्ते
थकावट और मक्खियों से भरे
जिन्हें कभी-कभी कोई पत्थर
ढांप देता है
और आसमान की गलियां
चांद के मातम में बैठी हैं
अब जावा में चांद नहीं
पत्थर पर लगा ख़ून का एक दाग़ है
वही जावा
कि जिसकी छाती में गुलाबी दूध भरा था
जिसकी लहरें—
बादलों को दूध पेश करती थीं
जिसने हर फ़ौज को लौटा दिया

जिसने रेत पर उम्र तोड़ी थी
आज आंखें बहुत रोती हैं
उसकी रीढ़ की हड्डी जब टूट गई
रास्ते भी साथ मर गए थे

यही जावा कि जिसके बाग़ों में
मर्दों के फूल महके थे
अब वही जावा—
चरस के हुक्के की ख़ाक़ बना है....
मैं घुटनों पर—
जावा के मलबे को उठाती रही
और सब सितारे—
मिट्टी में दफ़न करती रही
उसकी हड्डियों से मैंने
गोलियां निकाली
और उसकी मरी हुई एक ज़ुल्फ़ लेकर
और माचिस जलाकर उसे—
सिगरेट की तरह पीती रही.....
जावा.......मेरा जावा......

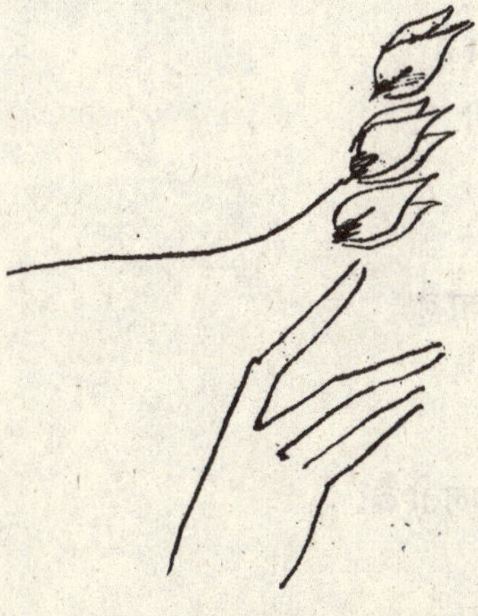

# सलाहा गाहीन

(मिस्र)

शायरी वो रास्ता है
जो पीछे नहीं लौटता
और गीत, जो कभी ख़त्म नहीं होता
पुश्किन और अबुल अल्लाह कहते हैं
कि शायर को उस समय सज़ा मिलती है
जब लोगों के दिलों की बात चलती है

हर अक्षर जंग के मैदान में लड़ता है
हर गीत  दरिंदों का सामना करता
और शायर को
लोर्का की क़िस्मत नसीब होती
वो लहू के ताल में लोर्का से मिलता है
लोर्का उसके ज़ख़्म चूमता
और पूछता–
क्या धरती पर अभी भी बंदूकें चलती हैं?

बंदूकें–जो मुहब्बत, सच और हर सपने का
निशाना बांधती हैं
वो बग़ावत और शराफ़त को
पत्थरों में चुनती हैं
कमाल नासिर का लहू पूछता
क्या अभी भी रोशनी पर अंधेरा भारी है?
रात जारी है
और ऐसी रात थी
पाब्लो नेरूदा का क़त्ल हुआ था

# ओसिप मेंडेलस्टॉम

(1891-1998, रूस)

*जिस एक नज़्म पर वक़्त के बहुत बड़े शायर मेंडेलस्टॉस को स्टालिन ने साइबेरिया भेज दिया था जहां वह बहुत दिन ज़िंदा नहीं रह सका, उस नज़्म की कुछ पंक्तियां हैं :*

आओ आज़ादी के धुंधलके विरद गाएं
यह महान धुंधला बरस है
रात के गुस्सैले पानियों में
जाल का एक जंगल बिछा हुआ है
आओ सत्ता के काले बोझ का
हम विरद गाएं
वक़्त्‌त से यह भार उठाया नहीं जाता
वक़्त ! सुन ! तेरा जहाज़ डूब रहा है
हमने सारे अपमान पी लिए
धरती कहीं बहती जा रही
खैर यत्न करें, पतवार पकड़ें

समंदर छान लें
जैसे हल चलाते हैं
हम उस धरती की क़ीमत चुका रहे
जो पूरे दस बहिश्तों के बराबर है!

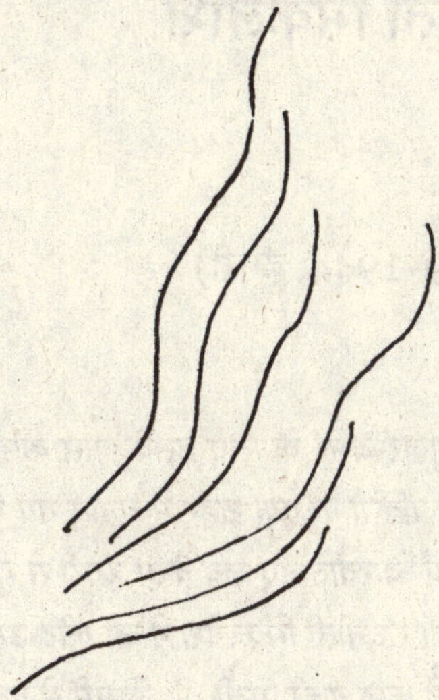

# रादनोती मिकलोश

(1909-1944, हंगरी)

*यहूदी होने के कारण उसकी गुज़र-बसर के लिए उसके पास कोई रास्ता नहीं था। 1944 में उसे यूगोस्लाविया के एक शहर में बनाए गए कैम्प में भेज दिया गया; जहां 'डेथ मार्च' करवाते हुए जब क़ैदी हंगरी से गुज़रे तो उन्हें गोलियों से मार दिया गया। रादनोती मिकलोश ने जो कोट उस वक़्त पहना हुआ था उसकी जेब में से कुछ नज़्में मिली थीं, जिसमें से एक नज़्म की कुछ पंक्तियां हैं :*

मैं हवा में जीता हूं, बहुत ऊपर
सूरज के क़रीब
हंगरी, तूने अपने बेटे को कैसे बांध दिया
मेरे बदन पर परछाइयों का पहरान है
चट्टानें बहुत दूर हैं
आसमान बहुत दूर है

मैं कंकड़ों के पाताल में गिर पड़ता
शायद मुझे ख़ामोश रहना चाहिए
फिर आज नज़्म क्यों लिख रहा हूं?

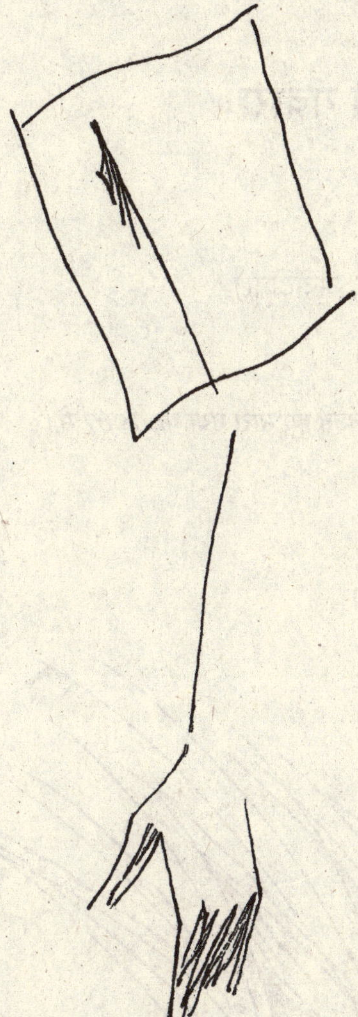

# आर्नेस्टो शे गवारा

(1928-1967, अर्जेंटीना)

*शे गवार क्यूबन क्रांति में गुरिल्ला जंग लड़ते हुए मारा गया था, 1967 में। उसकी नज़्म की दो पक्तियां हैं :*

हम क्यूबन आंसुओं का कफ़न चाहेंगे
जो हमारी गुरिल्ला हड्डियों को
गले से लगा लें

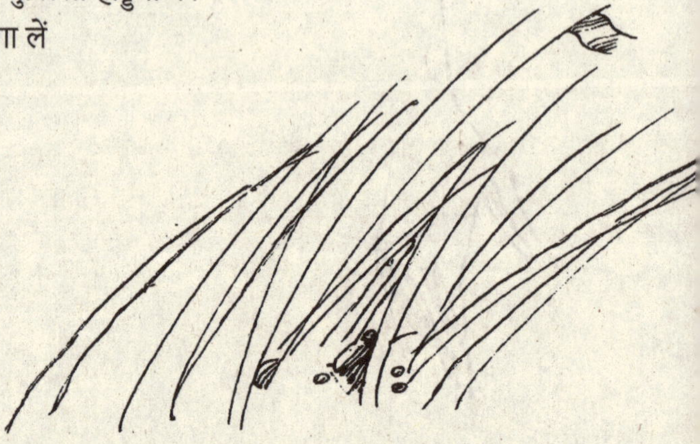

# हिएन लुओंग

(वियतनाम)

*आज़ादी की आवाज़ उठाने पर इस शायरा को 1969 में क़ैद कर लिया गया था। इस शायरा का एक गीत अब तारीख़ी गीत बन चुका है। उसी की* कुछ पंक्तियों हैं :

गीत जो ख़ामोश नहीं हो सकते
आओ गाएं और गाएं
इतना
कि हमारे दिल आग की लपटों में बदल जाएं
और उगलता लहू
पैरों की बेड़ियों को गला दे
और जो सबसे काली रात है
उस रात में एक सूरज उग आए

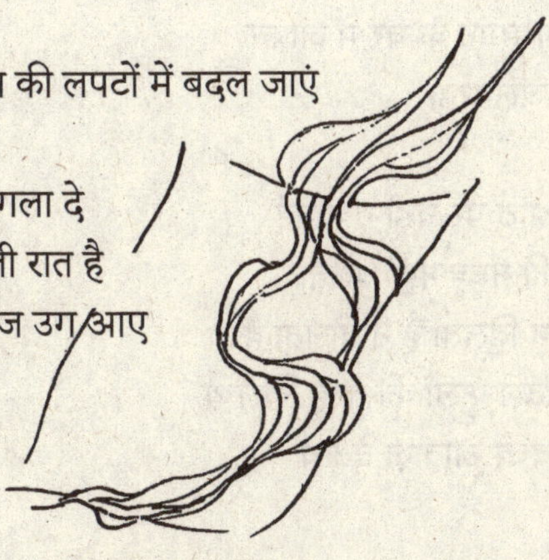

# जैबेलियानो

(रोमानिया)

हिरोशिमा की बात कैसे करूं?
हवा में कौन-सी होनी हो गई
ज़र्द अंगुलियां कांप रहीं
जैसे बदन में एक खंजर उतरता
आसमान को चीर रहा
पंख किसी जहाज़ का
यह किसका हाथ है
जो आसमान के घर में जाकर
तीली जला रहा

सवा आठ पर घड़ी रुक गई
घड़ी की नब्ज़ नहीं चलती
वक़्त न हिलता है न बोलता है
जो बादल फूलों की तरह खिले थे
जिसे बच्चे आवाज़ देते थे

वही बादल जहर से भर गया

शहर का बदन नरम था
जिसे सागर रोज़ नहलाता था
और आज उसके बदन पर
अग्नि की लपटें बरस रहीं
जिस हवा का माथा
आसमान छूता था
वही माथा आज झुका है
शहर का कफ़न सी रहा है......

शहर का बदन—
और राख का क़फ़न
नदियां नाड़ियों की तरह रुक गईं
बांस के पेड़
रीढ़ की हड्डी की तरह टूट गए

हवा काले ख़ून से रंग गई
लाशों  को गले से लगाकर—
अपने शहर को टटोल रही
मेरे लोग कहां गए?
इस एटमी आग से वो उत्तर मांगते हैं

क्या दुनिया आदिकाल से
इसी तरह उदास थी?
कि मुझे देखकर
रोनी-सी सूरत बनाए बैठी है

फूलों की उम्र बहुत छोटी है
सिर्फ़ हाथों में पैरों में
कफ़न की तरह ठुके हुए
कीलों की उम्र लम्बी है

ख़ुदा बहिश्त में बैठा
धरती बनाता है
जब धरती पर उतरता
तो दोज़ख़ तरतीब देता

जापानी हाइकू

# शानदोर पैतोफ़ी

(1823-1849, हंगरी)

*यह शायर आस्ट्रियन सरकार से लड़ते हुए 31 जुलाई 1849 के दिन क़त्ल हुए। इनकी एक लम्बी नज़्म की कुछ पक्तियां :*

हमने आज़ाद होना है
यह आवाज़ पूरब से पश्चिम तक फैल जाएगी
मेरे ख़ून का आख़िरी क़तरा
देश की ज़मीन पर गिरेगा
मेरी आख़िरी आवाज़
लोहे की आवाज़ में डूब जाएगी
आप लोग मेरी हड्डियां
उनकी हड्डियों के साथ दफ़न करना
जो कुल आलम की आज़ादी के लिए मर गए

# मार्टिन लूथर किंग

(1923-1968, अमरीका)

*नीग्रो लोगों के लिए आवाज़ उठाने पर 4 अप्रैल 1968 में क़त्ल हुए।*

मैं अकेला लड़ुंगा लड़ूंगा
जीत जाऊं या हार जाऊं
मुझे कोई 'वह' नहीं चाहिए
जो हमें स्वतंत्र करे
ना कोई ईसा मसीह
जो मेरे लिए मरे

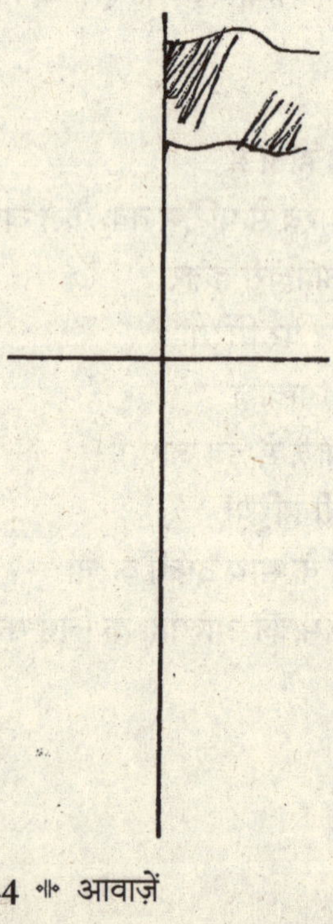

# ओ निल

(आयरलैंड)

कोई भी आदमी
अपने सम्मान की क़ीमत पर
किसी का आभारी नहीं हो सकता
कोई भी औरत
अपनी आबरू की क़ीमत पर
किसी की आभारी नहीं हो सकती
कोई भी देश
अपनी आज़ादी की कीमत पर
किसी का आभारी नहीं हो सकता

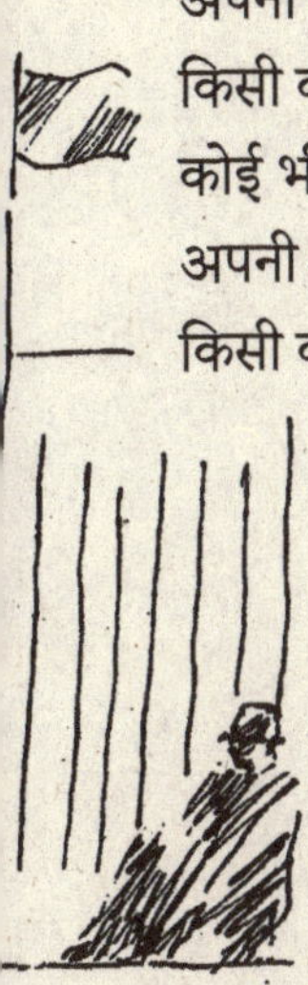

# जूलियस फ़ूज़िक

(1903-1943, चेकोस्लोवाकिया)

*चेकोस्लोवाकिया पर नाज़ियों का अधिकार था तो ज़ूलियस फ़ूज़िक के सियासी नज़रिये को देखकर उसे गेस्टापो जेल में डालकर भयानक तसिये दिए गए। नाज़ी अदालत ने मौत की सज़ा सुना दी और चौदह दिन बाद 8 सितम्बर 1948 को उसे गोली मार दी गई। जेल की डायरी से उसकी कुछ पक्तियां मिलीं :*

मेरी कोठरी के आगे
जर्मन सिपाही घूम रहे हैं
बाहर कहीं सियासी तक़रीरें
विश्वासघात के धागे बुन रहीं
लोगों की आंखें खोलने के लिए
कितनी सदियों की ज़रूरत होती है?

# नेली साँच

(1891-1970, जर्मनी)

*इस शायरा को यहूदी होने के कारण नाज़ियों से बचने के लिए 1940 में स्टॉकहोम में पनाह लेनी पड़ी थी। वक़्त ने जब इसकी क़लम की ताक़त को पहचाना तो 1966 में उसे नोबेल प्राइज़ मिला। नैली सॉच की एक छोटी-सी नज़्म है जिसमें लोगों के क़त्ल का एक लम्बा इतिहास समाया है :*

तुम—जिसने आंखों से लोगों को
क़त्ल होते हुए देखा
अब जैसे किसी की नज़र
पीठ पर महसूस होती है
मरने वालों की तकनी बदन पर रेंगती है
कितनी ही मरती हुई आंखों को देखा
जब एक छिपी-सी जगह पर
तुम फूल तोड़ती हो
तो गुच्छा हुई टहनियों से
कितने ही हाथ उठ आते हैं

और शाम ढलते ही
सूरज की सुर्ख़ रोशनी से
कितनी ही यादें उग आती हैं......

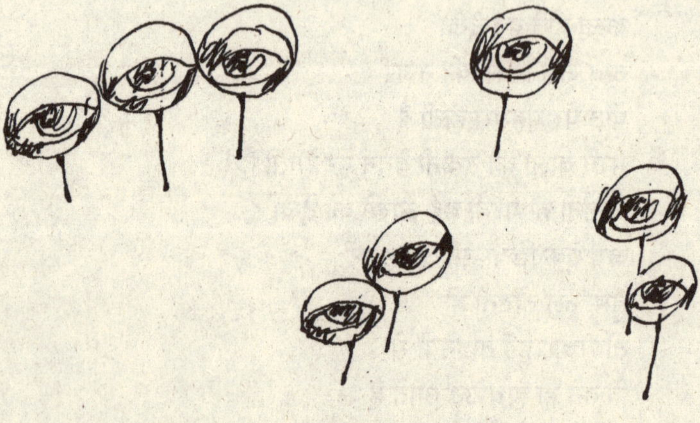

# आतिला योजफ़

(1905-1937, हंगरी)

## आत्महत्या करने से पहले

तूने मासूम दांतों से
चट्टानों को तोड़ना चाहा
दीवाने!
क्या ख़्वाब देखने के लिए
कोई रात काफ़ी नहीं थी

# मूसा जालीलोव

(1906-1944, रूस)

*देश की हिफ़ाज़त के लिए लड़ते हुए वह दुश्मन के घेरे में आ गया। पोलैंड में उसे हेलम के नज़दीक बंदी कैम्प में क़ैद कर दिया गया। फिर जंगी क़ैदियों के कैम्प में भेज दिया गया। फिर बर्लिन के पास एक कैम्प में। 1944 के आख़िर में इसे क़त्ल कर दिया गया। जेल की सलाख़ों के पीछे लिखी उसकी 115 कविताएं मिली हैं जिनमें एक नज़्म इस तातारी शायर का नज़रिया और* आज़ादी की तलब को लेकर है।

मेरे गीतों ने सिखाया
स्वतंत्रता को प्यार करना
और गीत ही सिखाएंगे
बेखौफ़ मरना
क़ातिलों, मुझे घुटनों के बल देखने की
व्यर्थ कोशिश न करो
मुझे आपका रहम-ओ-क़रम नहीं चाहिए
आपका ख़ून से भरा हथौड़ा देखकर

मैं आंख तक न झपकूंगा
और बैठकर नहीं
इसी तरह खड़े हुए मरना चाहूंगा

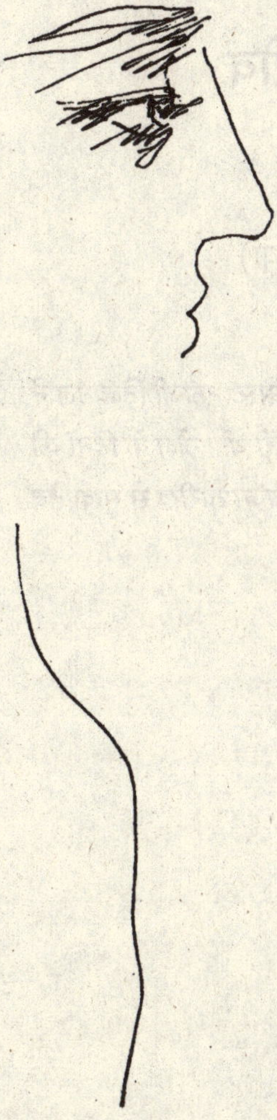

# निकोला वाप्तसारोव

(1909-1942, बल्गारिया)

*अमन और इंसाफ़ के लिए आवाज़ उठाने पर फासिस्ट, फ़ौजी ट्रिब्यूनल ने 23 जुलाई 1942 को वाप्तसारोव को गोली मार दी थी। जेल के दिनों की लिखी उस्की बहुत-सी नज़्में में हैं। जिनमें से एक नज़्म तारीख़ से मुख़ातिब है, उस लम्बी नज़्म की कुछ पंक्तियां हैं :*

हम इस दुःख और दर्द की क़ीमत नहीं जानते
कोई सिला या कोई शोहरत नहीं
न किसी कैलेंडर की तस्वीर बनना चाहते
तारीख! जो हमारे बाद आएंगे
तुम उन्हें सिर्फ़ इतना पैग़ाम देना
कि एक ज़िंदगी का,
एक तख़ाय्यल का
हम एक बुत गढ़ते रहे
और रोशनी कों तलाशने के लिए
हम अंधेरों से लड़ते रहे

# फर्फेंदो गार्दिलो सर्वातेस

(1940-1967, निकारगुआ)

*क़त्ल होने से पहले उतने एक साथी की मौत पर लिखा था :*

क्या जानते हो कि वह मर गया?
और जानते हो कि उसकी क़ब्र कहां है?
और जानते हो कहां दफ़नाया गया?
वह आपका दोस्त था, आपका भाई
जो सिर्फ़ दिलों की जमीन में दफ़न है
और हमारी ज़िंदगी के
जितने भी दिन बाक़ी हैं
हम फूल बनकर
उसकी क़ब्र पर खिलेंगे।

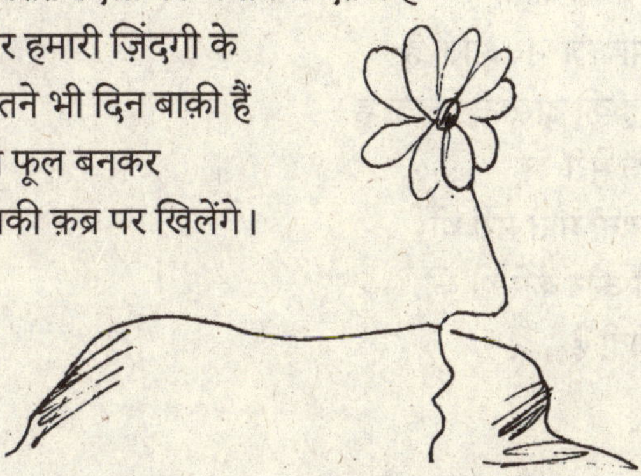

# मारिन सुरेस्को

(रोमानिया)

हर रोज़ मैं हमसायों के पास जाता हूं
कुछ कुर्सियां मांग कर लाता हूं
वे जितनी भी दें
और फिर कुर्सियां सजा कर
मैं उन्हें नज़्में सुनाता हूं
कुर्सियां जो ध्यान से टिकाएं
तो बहुत अच्छी श्रोता हैं
मेरी आवाज़ पिघल जाती है
कभी-कभी आवाज़ भर आती है
जब अपनी रूह की दास्तान कहता हूं
फिर बताता कि मेरी रूह
किस तरह शाहना मौत मरी थी
यह बैठक मेरी और कुर्सियों की.
बड़ी गम्भीर होती है

किसी भी उत्साह का दिखावा नहीं
न कोई सेंसर वहां.....

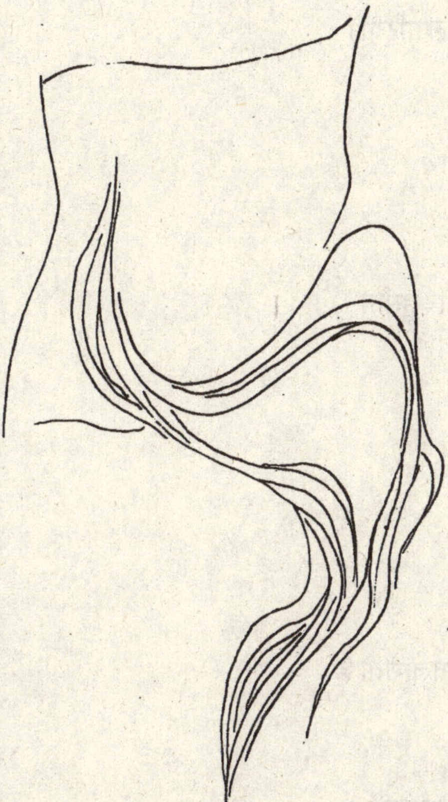

# ल्यूबोमीर लैवचैव

(बल्गारिया)

उत्तरी ध्रुव और तप्त रेखा के बीच
(आवेश और तर्क के बीच)
आसमान से कहीं दूर
एक ज़मीन विकसती अमीर और हुसीन
क़त्ल हुए शायरों की ज़मीन

नज़्में फिर भी लहलहाती हैं
वे अंधा दबाव डालते हैं
और मुझे टुकड़ों में काटकर
अपनी रवायत पालते हैं
चील अपमानत है
बगियाड़ की आंखें ज़ख़्मों को तलाशती हैं
ये ज़मीन मेरे लिए है
ये ज़मीन जो मेरे अंतर में कहीं
मेरी खोई हुई नींद को देखकर, चीख़ती

इसके किनारों पर
मेरे दिल के ख़ून का दरिया
एक सैलाब बन रहा
ये क़त्ल हुए शायरों की ज़मीन
और मैं सीख जाता
कि नज़्म कैसे लिखी जाती है

मैं घास की तरह
ज़मीन पर बिछ सकती हूं
कि वे मुझे पैरों तले रौंदकर
कोई राह बना सकें

ब्लागा दिमित्रोवा

# ब्लागा दिमित्रोवा

(बल्गारिया)

तुम अपनी हर नज़्म इस तरह लिखना
जैसे वह आख़िरी नज़्म हो
यह समय एटमी धातु का भरा है
आतंकवाद से निर्देशित हुआ
तुम आवाज़ की चाल से भी तीखा उड़ो
कि मौत किसी भी घड़ी पकड़ सकती है
और हर एक लफ़्ज़ इस तरह भेजना
जैसे फ़ांसी पर लटकने से पहले—
वह तुम्हारा आख़िरी ख़त हो

आवाज़ जो जेल की दीवारों में ज़ख़्मी हुई
अब तुम्हें झूठ बोलने का हक़ नहीं है
फिर वक़्त नहीं रहेगा
किसी से भी कुछ कह पाने का

हर नज़्म अपने लहू से लिखना
सीधी, स्पष्ट, बेख़ौफ़
जैसे वह तुम्हारी आखिरी नज़्म हो

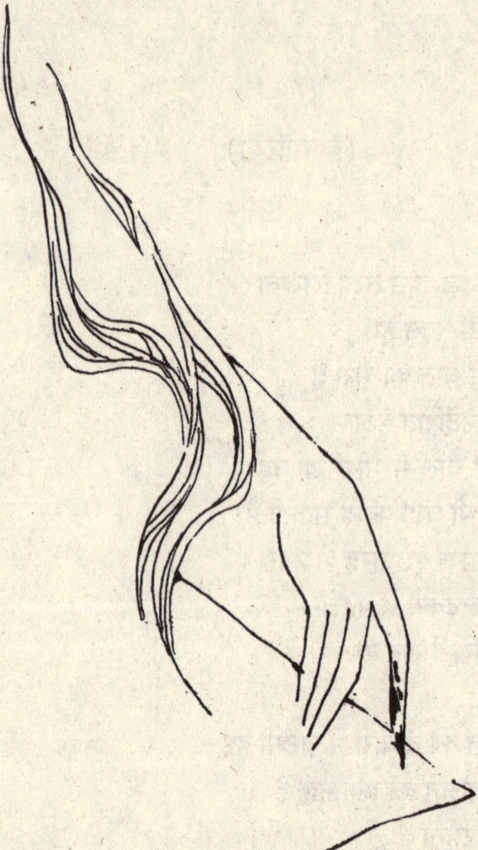

# आंद्रे वोज़नेसेंस्की

(रूस)

चांदी रंग की मछलियां
वे हाबड़ के खाते हैं
दावत बेचैन है उनके लिए
मैं मछुआरे की केबन बार में बैठा हूं
हम सब जानते हैं
कि हम ख़ुद मछलियां हैं
और गले में जहाज़रानों का लिबास

लिबास की लकीरें
रस्सियों की तरह बंधी हैं हमारे बदन पर
हम जानते कि गर्म तेल की कढ़ाही
हमारे लिए उबल रही है
कौन सुनेगा?
कौन समझेगा?
कौन जवाब देगा?

हम गाती हुई मछलियां हैं
वक़्त का जाल कितना चमकता है
हमारी बीवियां, जलपरियां हैं
आधा बदन मछली का, आधा औरत का
कई बार हमने मछुआरों के जाल तोड़े हैं
फिर भी फीकी दावतों के वक़्त
हम बड़े लोगों का नुकल बनते हैं
हम कितने ज़ायकेदार हैं
लेकिन वे नहीं जानते
कि हमारे गीत एक दिन
मछली के कांटे की तरह
उनके गलों में अटक जाएंगे

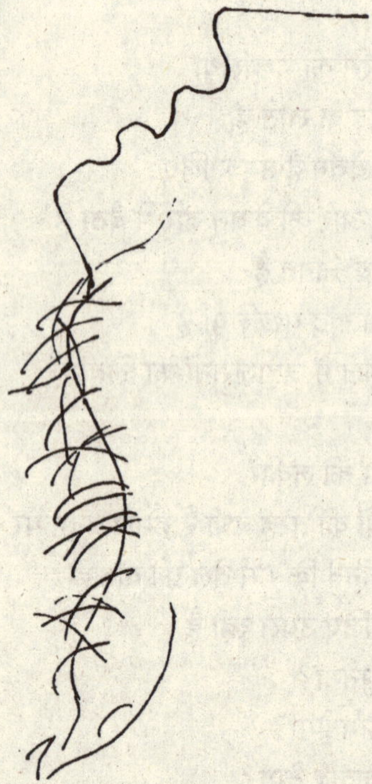

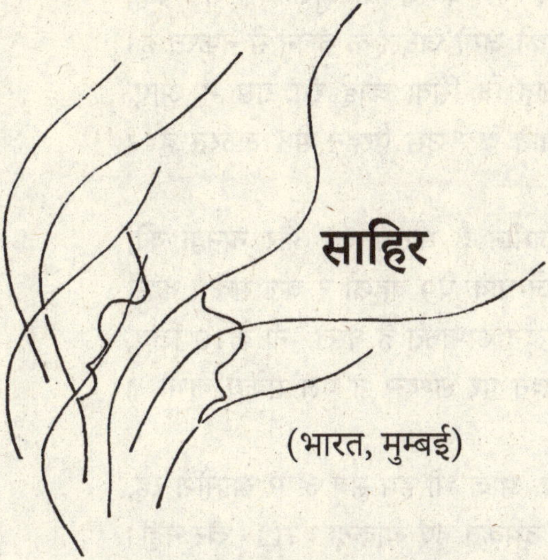

# साहिर

(भारत, मुम्बई)

बहुत दिनों से है ये मश्ग़ला सियासत का
कि जवान हो बच्चे तो क़त्ल हो जाएं।
बहुत दिनों से है ये ख़ब्त2 हुक्मरानों का,
कि दूर-दूर के मुल्कों में क़हत बो जाएं ॥

बहुत दिनों से जवानी के ख़्वाब वीरां हैं,
बहुत दिनों से मुहब्बत पनाह ढूंढ़ती है।
बहुत दिनों से सितम-दीद शाह राहों में3,
निगारे-जीस्त4 की इस्मत पनाह ढूंढ़ती है ॥

चलो कि आज सभी पायमाल5 रूहों से,
कहें कि अपने हर-इक ज़ख़्म को ज़बां कर लें।
हमारा राज़, हमारा नहीं सभी का है,
चलो कि सारे ज़माने को राज़दां कर लें ॥

चलो कि चल के सियासी मुकामिरों से6 कहें,
कि हमको जंगो-जदल के चलन से नफ़रत है।
जिसे लहू के सिवा कोई रंग रास न आए,
हमें हयात के7 उस पैरहन से8 नफ़रत है ॥

ये सरज़मीन है गौतम की और नानक की,
इस अर्ज़े-पाक पे9 वहशी न चल सकेंगे कभी
हमारा ख़ून अमानत है नस्ले -नौ के10 लिए,
हमारे ख़ून पर लश्कर न पल सकेंगे कभी ॥

कहो कि आज भी हम सब अगर ख़ामोश रहे,
तो इस दमकते हुए ख़ाकदा की11 ख़ैर नहीं।
जुनूं की12 ढाली हुई एटमी बलाओं से,
ज़मीं की ख़ैर नहीं आसमा की ख़ैर नहीं ॥

गुजश्ता13 जंग में घर ही जले मगर इस बार,
अजब नहीं कि ये तनहाइयां भी जल जाएं।
गुज़श्ता जंग में पैकरं14 जले मगर इस बार,
अजब नहीं कि ये परछाइयां भी जल जाएं ॥

---

1. मनोविनोद 2. उन्माद 3. अत्याचार-पीड़ित राजपथों में 4. जीवन रूपी प्रेयसी 5. कुचली हुई 6. जुएबाजों से 7. जीवन के 8. लिबास से 9. पवित्र भूमि पर 10. नई पीढ़ी के 11. धरती की 12. उन्माद की 13. पिछली 14. शरीर।

# अली सरदार जाफ़री

(भारत, मुम्बई)

कौन आजाद हुआ...
किसके माथे से गुलामी की सियाही छूटी
मेरे सीने में अभी दर्द है महकूमी का
कौन आजाद हुआ.......

खंजर आज़ाद है सीने में उतरने के लिए
मौत आज़ाद है लाशों पे गुज़रने के लिए
कौन आज़ाद हुआ......

काले बाज़ार में बदशक्ल चुड़ैलों की तरह
क़ीमतें काली दुकानों पे खड़ी रहती हैं
हर ख़रीददार की जेबों को कतरने के लिए
कौन आजाद हुआ.........

कारख़ानों में लगा रहता है
सांस लेती हुई लाशों का हुजूम
बीच में उनके फिरा करती है बेकारी भी
अपने ख़ूंखार दहन खोले हुए
कौन आजाद हुआ........

रोटियां चकलों की कहवाएं हैं
जिन्हें सरमाए के दलालों ने
नफ़ाख़ोरी के झरोख़ों में सजा रखा है
बालियां धान की गेहूं के सुनहरे गोशे
मिस्रो-यूनान के मजबूर गुलामों की तरह
अजनबी देश के बाज़ारों में बिक जाते हैं
और बदबख़्त किसानों की तड़पती हुई रूह
अपने अफलास में मुंह ढांप के सो जाती है
कौन आज़ाद हुआ...........

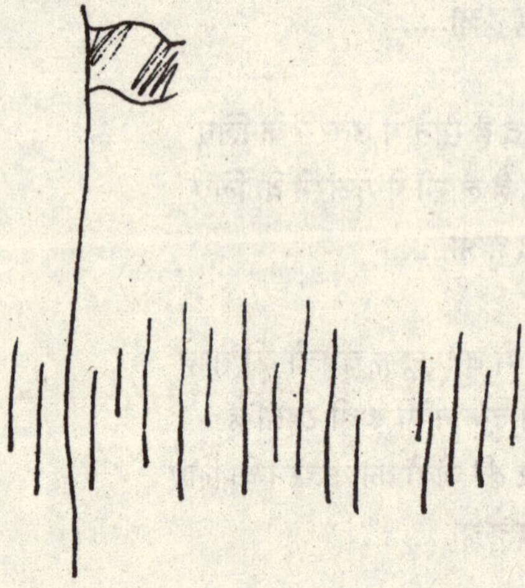

मेरे हाथों में बांसुरी थी
और कंधे पर कम्बल
मैं कहीं गया भी नहीं
यहां कोई आया भी नहीं
फिर हाथ में बंदूक
और कंधे पर लाश कौन रख गया?

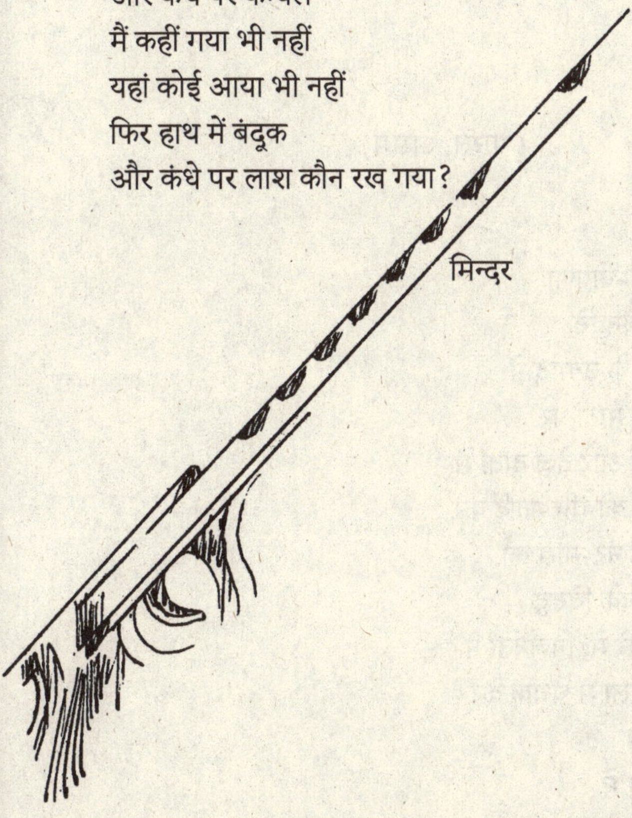

मिन्दर

# उमेश बोड़ो

(भारत, असम)

करता हूं मैं युद्ध-घोषणा
उनके विरुद्ध जिन्होंने
पाशविक रक्त के उन्माद में
किए अत्याचार माता पर
जो तीक्ष्ण नखों और तेज़ दांतों से
निर्वस्त्रा के तन को चीर-फाड़ कर
स्वाद खोजते हैं नर-मांस का
युद्ध-घोषणा उनके विरुद्ध
जो रात के अंधेरे में, निर्जनता में
वासना की ज्वाला में धधक कर
लूटते हैं कौमार्य
अमृत की खोज में
और उनके विरुद्ध
जो किसान पिता के
उज़ाड़ कर लहलहाते खेत

छीन ले गए सुनहरी फ़सल
सुना है वही
मेरे देश के अनगिनत युवकों को
विद्रोह के नाम पर
ठेल देते हैं बेकारी और
अकाल मृत्यु के ताल में
सावधान!
आज देश का अर्थ ही है
जीवन दांव पर लगाना
जीवन का अर्थ?
एक रणांगण!
सम्भाव्य युद्ध की प्रस्तुति में
किलबिला रहे हैं रक्त में मेरे
सहस्रों रक्तबीज!!

(अनुवाद : नीता बैनर्जी)

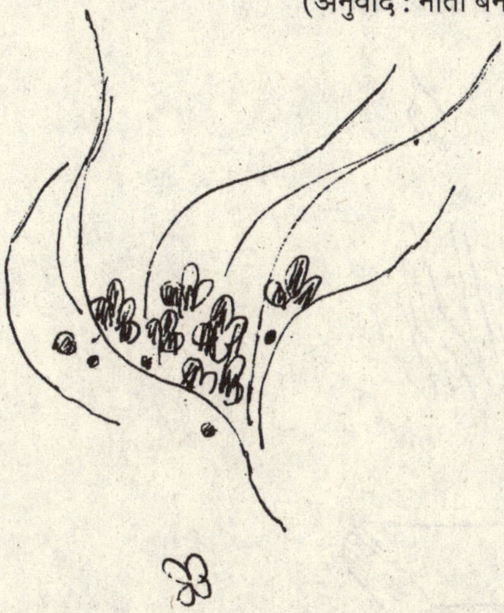

# तसलीमा नसरीन

(बंगलादेश)

बुलंद आवाज़ें बुलंद रहेंगी
बेखौफ़ ये कलमें बेख़ौफ़ चलेंगी
मुल्लाओं के डर से, सत्ताओं के डर से
ये चुप न रहेंगी, बेधड़क चलेंगी, बेधड़क चलेंगी

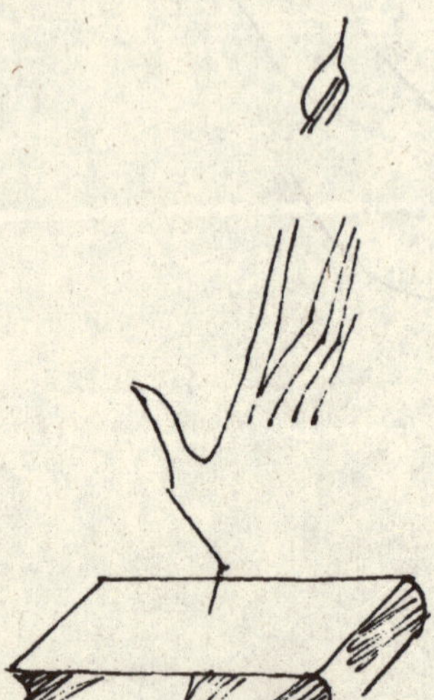

# परमिन्दर जीत

(भारत, पंजाब)

अब जब भी आप मेरे घर आएं
तो दरवाजे पर दस्तक देने के बाद
अपना पूरा नाम बता देना
अब हवा के बुलावे
या किसी के क़दमों की आहट पर
दरवाज़े नहीं खुलते

अब दस्तक संगीन जैसी है
सुलगते ख़्वाब जैसी
चटके हुए विश्वास जैसी
अब दस्तक गलबहियां नहीं
भय की साकार मूर्ति है
जो समग्र विश्वास को छीन लेती है
चेहरे पर किसी इल्जाम का साया पड़ता है
अब दस्तक गलबहियां नहीं

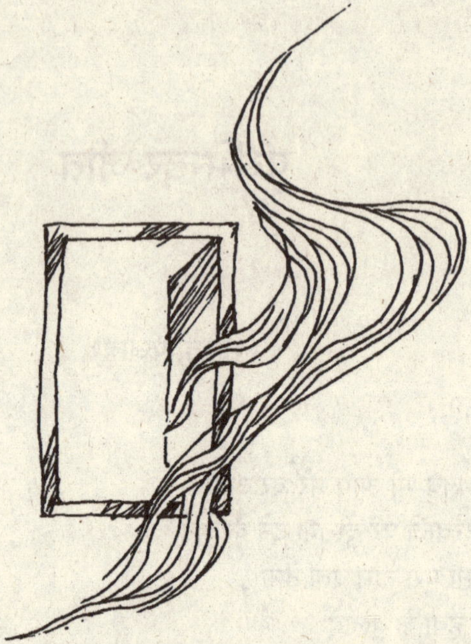

हादसों की तरह गुज़रते इन पलों में
अब जीना भी क़र्फ्यू पर मिली छूट जैसा है
अब क़हक़हे फ़िज़ा मे पंख नहीं तौलते
अब चेहरे भीतर से नहीं
कहीं बाहर से ही बोलते

अगर अब आप कभी मेरे घर आएं
तो दरवाजे पर ख़ुशामदीद नहीं लिखी होगी
आप हैरान मत होना
मैं खुद घर होते हुए भी घर नहीं होता

किसी को ख़ुशामदीद कहने की
हिम्मत नहीं पड़ती

अब तो अक्सर ये पंक्तियां
होंठों पर आकर दम तोड़ जाती हैं
जिस्म डर रहे परछाइयों से
घर डर रहे अपना पता देने से

मैं घर से चला
तो मां की आशीष
और पत्नी की मुस्कुराहट
अधूरी-सी लगी
अब मासूम बच्चे को
चूम लेना भी याद नहीं रहता
अब अलविदा
घर से जाते हुए ही साथ निकलती है

घर से हम इस तरह चलते हैं
जैसे उम्र से लम्बा सफ़र पैरों में रेंगता हो
घर से आप भी चलते तो होंगे
और राह में कभी मन में आए
तो चले आना
हम स्याह रातों जैसे दिनों का
मरसिया लिखेंगे
एक-दूसरे की आंखों से
बेवतनी के अहसास के कांटें चुनेंगे
अब आप आए
तो दरवाज़े पर दस्तक देने के बाद
अपना पूरा नाम बताना न भूलना
अब हवा के बुलावे
या किसी के क़दमों की आहट पर
दरवाज़े नहीं खुलते.....

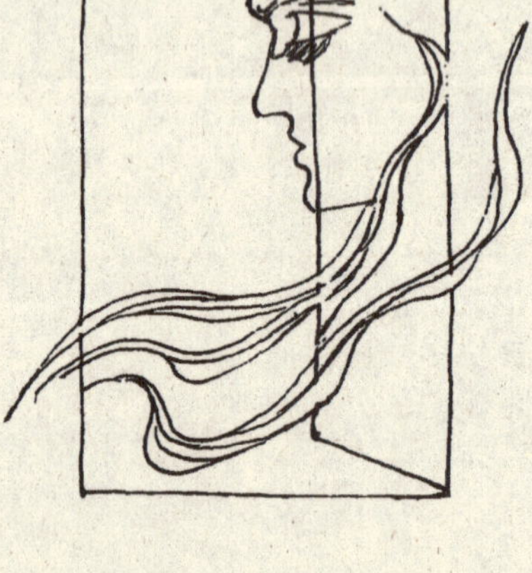

# मोहनजीत

(भारत, दिल्ली)

## घाटी का सैलाब

वो जिन्होंने छपना नहीं था
रंगदार तस्वीरों में छपे
वो जो कभी रंगदार पेंसिलें भी
शायद कभी देख न पाते
न जन्मदिन की रंगीन मोमबत्तियां, गुब्बारे
रंगदार तस्वीरों में छपे
वह जिनकी खपरैलों का रंग ही रात-दिन थे
वह जिन्हें सिर्फ़ ब्रह्मपुत्र का
पता आता था
रंगदार तस्वीरों में छपे
आप झूठ कहते हैं कि वो मरे
ये नाज़ियों का ज़माना नहीं

न वो यहूदी थे
वो तो ब्रह्मपुत्र की कोख से जन्मे
नहीं मारे नहीं गए
घाटी की मिट्टी में मढ़ दिए गए
रंगदार तस्वीरों में छपे

कौन कहता है
मरों के साथ मरा नहीं जाता
शायद न जाता हो
शायद जाता तो हो दिखता न हो
चलो सब कुछ वक़्त पर हो गया
कल भी तो कड़ी धूप
धान के खौलते पानियों में

उनके टांगों की पिंडलियां जलनी थीं
या गाड़ियों की लाइनों पर जाकर
भविष्य के कोयले चुनने थे
चलो सब कुछ वक़्त पर हो गया
हां, मरों के साथ मरा नहीं जाता

मैंने एक मां की
ख़ाली बस्ते जैसी आंखों में
पीली अंगुलियों से बनाई
एक फटी हुई फाख़्ता देखी है
आप ठीक कहते हैं
मरों के साथ मरा नहीं जाता
नहीं, वो मरे नहीं होंगे
चढ़ी हुई लहरों के घर बनाते होंगे

सागवान के पत्तों में अटक गए होंगे
या मांओं के दिलों के ख़ाली खीसों से
सूखी तितली के पंख खोजते होंगे
नहीं, वो मरे नहीं होंगे
सिर्फ़ घर नहीं लौटे
वो जिन्होंने कभी छपना नहीं था...
रंगदार तस्वीरों में छपे

# सुरजीत पातर

(भारत, पंजाब)

अब घरों को लौटना मुश्किल बड़ा
कौन पहचानेगा हमें
माथे पर मौत दस्तख़त कर गई है
चेहरे पर यार लोग
क़दमों के निशान छोड़ गए
आइने में से और कोई झांकता है
आंखों में कोरी चमक है
जैसे गिरे हुए घर की छत से
काई लौ-सी आती है

डर जाएगी मेरी मां
कि मेरा बेटा मेरे से बड़ी उम्र का?
किसी साधु का श्राप लगा?
किसी निगोड़ी पट्टेदारिनी ने टोना-टोटका किया?
डर जाएगी मेरी मां

अब घरों को लौटना मुश्किल बड़ा

इतने सूरज डूब चुके
इतने ख़ुदा मर चुके
जीती हुई मां को देखकर
अपने या उसके प्रेत होने का बुलावा होगा

जब कोई पुराना संगी मिलेगा
बहुत याद आएगा अंदर से
कब का मर चुका मोह
रोना आएगा और फिर याद आएगा
आंसू तो मेरे दूसरे कोट की जेब में रखे रह गए

जब चाची ईसरी
आशीष देकर सिर पर हाथ रखेगी
किस तरह बता सकूंगा
कि सिर में क्या-क्या तसव्वुरात हैं

अपनी ही लाश उठाकर चलता हुआ आदमी
पति की चिता पर मांस रांधती औरत
कोई हैमलेट की मां
सर्दियों में बंदों की चिताएं तापने वाला ख़ुदा

जिन आंखों ने देखे दुखांत
किस तरह मिला सकूंगा वे आंखें

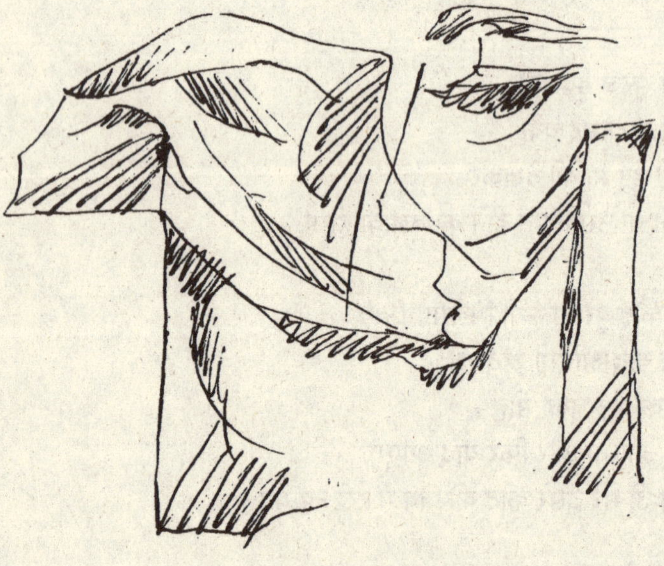

अपने बचपन की तस्वीर के साथ
अपने छोटे भाई के साथ

शाम को जब मढ़ी का दीया जलेगा
गुरुद्वारे में शंख बजेगा
वह बहुत याद आएगा
वह जो मर चुका है
वह कि जिसकी मौत का
इस भरी नगरी में सिर्फ़ मुझे पता है

अगर किसी ने मेरे मन की तलाशी ले ली
बहुत अकेला रह जाऊंगा
किसी दुश्मन देश के जासूस की तरह
अब घरों में बसना आसान नहीं है....
माथे पर मौत दस्तख़त कर गई है......

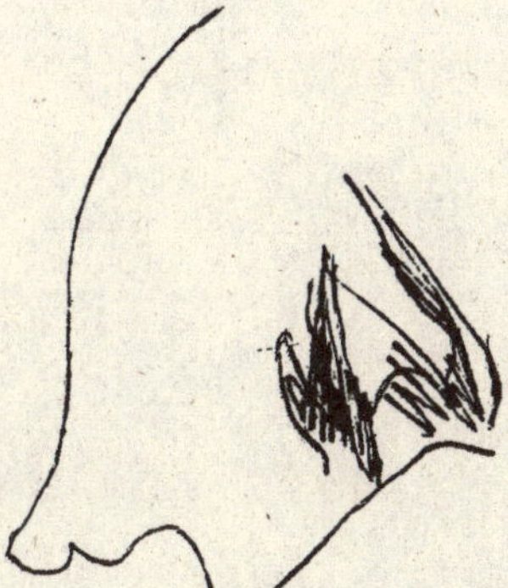

# मनजीत टिवाणा

(भारत, पंजाब)

हम काले पानी में बैठे
अपने सपने की सज़ा भुगंत रहे हैं
काला पानी किसी दूर जगह का नाम नहीं
काला पानी तो मन की मौजूदा हालत है
जिसमें से हम गुज़र रहे हैं

जिसको चुपचाप सह लेना मंजूर है
लेकिन बताना जुर्म है
आजकल हम गहरा सांस भी लेते हैं
तो शक़ किया जाता है...
कि माहौल में ज़हर मिला रहे हैं
अगर अचानक आंसू आ जाएं
तो सोचा जाता है
कि तूफ़ान ला रहे हैं
हम तो शूलों की नोंक पर चलते

अधखिले आग के फूल हैं
जिनका दर्द बताना पाप है
महसूस -करना श्राप है

कैसे वक्त आ गए हैं
हम समय की दहलीज पर बैठे
अपने ही घर का पता पूछते....

# सबराज बीर

(भारत, दिल्ली)

कोई इस तरह तो न पोंछे
हमारे हाथों की मेहंदी

पानी में, आसमान में
ज़मीन में, आग में हमारी याद है
याद कि जिसके बिना न कहीं
कोई इंसान है न इंसान की बुनियाद

मौत, एक आमद का इंतज़ार है
आमद जिससे परे
न समय के निशान हैं
न हमारे हाथों के बीच की हरियाली है
वहां सिर्फ़ मौत है और रोने की आवाज़
जिसके बीच ख़ून में पागल हुए
परिंदों का शोर है

लेकिन कोई इस तरह न रोए
जिस तरह हम रोते हैं—
बेशब्द, बेआबरू, शर्मिंदा!

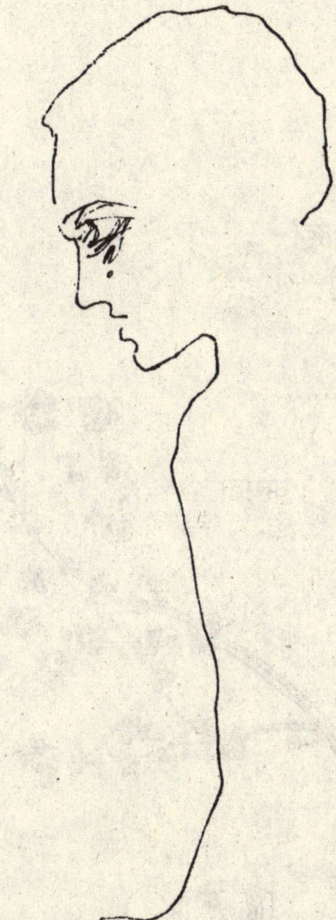

कभी कश्मीर के बदन में
उसकी नब्ज़ बोली थी—
‘एक लल्ला—एक अल्लाह’
अब सभी वैद्य हार चुके हैं
कश्मीर के बदन में
उसकी नब्ज़ नहीं मिलती......

अमृता

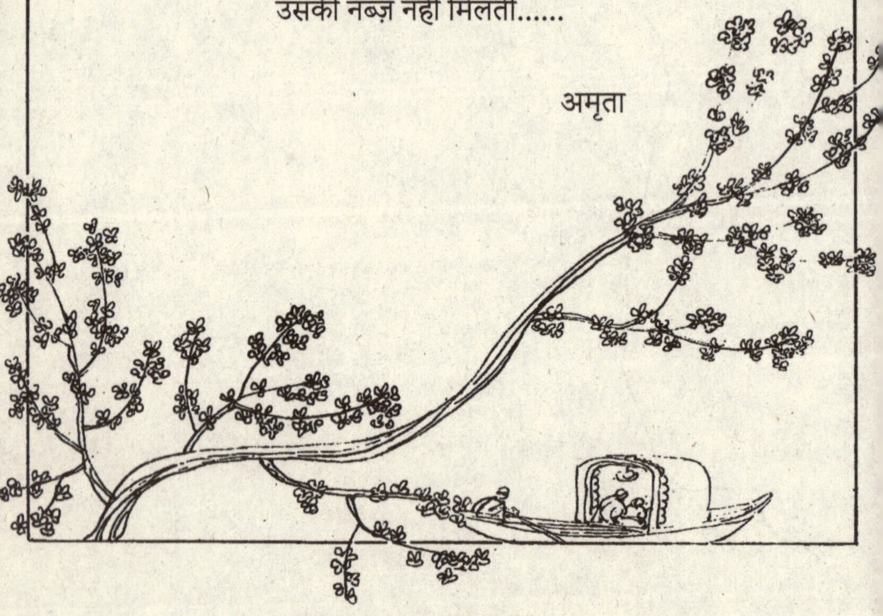

# जया सिब्बू के वाक्

(भारत, कश्मीर)

गणपति मैं तुम्हें नमस्कार भेजती हूं
में थलों के बासी पानी से
तुम्हें नहलाऊंगी
यहां कांटेदार झाड़ियां हैं, और कुछ नहीं
उन्हीं कांटों के हार तुम्हें अर्पित करूंगी
वेदों ने कहा था—तुम गणपति हो
कलयुग के राजा हो
आप राजा होकर
मंदिर का द्वार
खोल नहीं सकते
मैं राजस्थान से—तेरे लिए नाद भेजती हूं
उठो अपने बल से
इस दहशत को मिटाओ

आज मैंने नंदकेश्वर को
थलों में बुलाया है
हमारे पास चावल नहीं है
दाल-बाटी-चूरमा खिलाएंगे
मेरे देवता! जब तुम आओगे
तो थोड़ा-सा वितस्ता का पानी
और चिनार के पत्ते ले आना

मेरे आंचल में जितना अनाज था
मैंने वह खेतों में बो दिया
अब नहीं जानती
कि वहां क्या फ़सल हुई है?
कितना-भर लोगों ने खाया
या लोगों में बांट दिया
और कितना-भर लोगों के
ख़ून में डूब गया

एक दिन रेत का कण बोला
मैं भी कुछ हूं
चट्टान हंसी, बोली—
दिवाने, तू क्या है?
पास एक पर्वत था
वह चट्टान पर हंस दिया
और आज वह मेरा पर्वत
टुकड़े-टुकड़े हुआ

मैं सोती हूं और गिनती
कि आज मेरे कितने लोग मर गए?

सुबह जागती, प्रार्थना करती
कि आज शायद हिंसा नहीं होगी
दुपहर होती तो ख़बर मिलती कि आज फिर
वितस्ता और सिंधु के पानी में
ख़ून बहने लगा

ख़ून से भरी नदियों का
संगम कहीं नहीं होता
हमारे बुज़ुर्गों की अस्थियां
जो नदियों में बहाई थीं
वे कितनी परेशान होंगी
और आज वे
शफ़ाफ़ पानी की जगह
क्या ख़ून पिएंगी?

हिंदू और मुसलमान
वितस्ता और सिंधु के पानी थे
अब उन नदियों का बहाव
कहां गया?
यह दहशत कहां से आई
कौन लाया?
कि जिसने हमारे संगम को नोंच दिया?
दहशत बरपा करने वाले
क्या तुम नहीं जानते
यह दहशत तुम्हें भी निगल जाएगी?

यह दहशत किसके मस्तक की इजाद थी
क्या दहशतपसंद
नहीं जानते
कि यही दहशत एक दिन महाकाल बनेगी

# धम्मप्रिय भंवर सिंह सहवाल

(भारत, राजस्थान)

वितस्ता के तट पर
था हमारा घर—
नई सड़क, हब्बा-कदल, श्रीनगर—
आज भी हमारे मन-मस्तिष्क में
रसा-बसा है

उगता था और डूब जाता था सूरज
कवि-दार्शनिक के-से अंदाज़ में
दे जाता था संदेश ज़िंदगी का,
जिसे हम उतार लेते थे
अपने मन की पुस्तिका में
कल्पना की मोरपंखी लेखनी से;
अभिनव गुप्त, क्षेमेन्द्र, मम्मट, बिल्हण, कल्हण, बाण,
कालीदास और आनन्द वर्द्धन का अभ्युदय ऐसे ही हुआ था
बौद्धों की अभिधा,

शैवों की लक्षणा,
शाक्तों की व्यंजना
ऐसे ही जन्मी थी सदियों पूर्व,
सिद्धों ने, नाथों ने
दी थी हमें अमूल्य धरोहर
शब्दों की,
अर्थों की,
चिंतन की, साहित्य की
इस चिरंतन सम्पत्ति को
हम कैसे डुबो दें गहरे पानी में?

हाय! श्रीनगर, बसाया था
सम्राट अशोक ने
सदियों पूर्व;
इन्हीं पर्वत-शिलाखंडों से निर्मित
भव्य च्वालकाओं पर;
हुआ था
बौद्ध-संगीति का विराट आयोजन
सम्राट कनिष्क के हाथों,
जिसकी धार्मिक उदात्तता का परिचय
देती हैं आज भी
शांत, शुभ्र, हिमाच्छांदित चोटियां हिमाद्रि की

उन्नीस व बीस जनवरी सन् उन्नीस सौ की
मध्य रात्रि; |
सड़कों पर उन्मादी हौसलों का
बेकाबू हुज़ूम,
बेहिसाब शोर

चारों ओर
धर्मांध राष्ट्र-विरोधी नारे
ख़ौफ़नाक घुड़दौड़ी माहौल

और फिर उस रात्रि से ही
चलने लगीं घुसपैठी विदेशी हवाएं;
छलने लगीं हमारे सीने
सीमा पार से आई स्वचालित बंदूकें
अंधाधुंध बेधड़क

हमारे मनसूबे चिथड़े-चिथड़े हो गए.
बहने लगा रक्त
चट्टानों पर जमने लगे थक्कों पर थक्के
यहां-वहां, आस-पास
गांवों में, कस्बों में
शुरू हो गया
आतंकी सामूहिक हत्याओं का दौर
और फटी-फटी आंखों से
आसमान देखता रहा ......

(एक लम्बी नज़्म के कुछअंश)

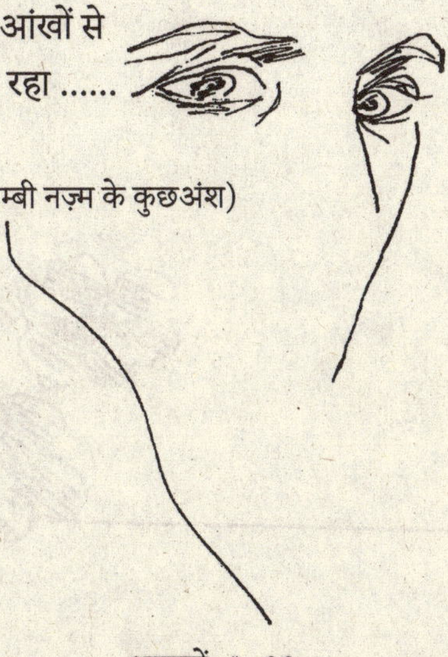

सुर्ख गुलाबों के मौसम में
फूलों का रंग काला...

एक शायर (पाकिस्तान)

# फ़ैज़ अहमद फ़ैज़

(पाकिस्तान)

निसार मैं तेरी गलियों पे ऐ वतन, कि जहां
चली है रस्म कि कोई न सर उठा के चले
जो कोई चाहने वालां तवाफ़ को1 निकले
नज़र चुरा के चले, जिस्मो-जां बचा के चले
    है अहले-दिल के लिए अब ये नज़्मे-बस्तो-कुशाद2
    कि संगो-ख़िश्त3 मुक़य्यद4 हैं और सग5आज़ाद
बहुत हैं जुल्म के दस्ते-बहाना-जू6 के लिए
जो चंद अहले-जुनूं तेरे नाम-लेवा हैं
बने हैं अहले-हवस7 मुद्दई भी, मुंसिफ़ भी
किसे वकील करें, किससे मुंसिफ़ी चाहें
    मगर गुज़ारने वालों के दिन गुज़रते हैं
    तेरे फ़िराक़ में यूं सुब्हो-शाम करते हैं
बुझा जो रौजने-ज़िंदा8 तो दिल ये समझा हैं
कि तेरी मांग सितारों से भर गई होगी
चमक उठे हैं सलासिल9 तो हमने जाना है

कि अब सहर10 तेरे रुख़ पर11 बिखर गई होगी
ग़रज़ तसव्वुरे शामो-सहर में12 जीते हैं
गिरफ़्ते-साया-ए-दीवारो-दर में13 जीते हैं
यूं ही हमेशा उलझती रही है जुल्म से ख़ल्क14
न उसकी रस्म नई है, न अपनी रीत नई
यूं ही हमेशा खिलाए हैं हमने आग में फूल
न उनकी हार नई है, न अपनी जीत नई
इसी संबब में फ़लक़ का गिला नहीं करते
तेरे फ़िराक़ में हम दिल बुरा नहीं करते

गर आज तुझसे जुदा हैं तो कल बहम15 होंगे
ये रात भर की जुदाई तो कोई बात नहीं
गर आज औज पे16 है तालए-रक़ीब17 तो क्या
ये चार दिन की खुदाई तो कोई बात नहीं
जो तुझसे अहदो-वफ़ा उस्तुवार18 रखते हैं
इलाजे-गर्दिशे-लैलो-निहार19 रखते हैं

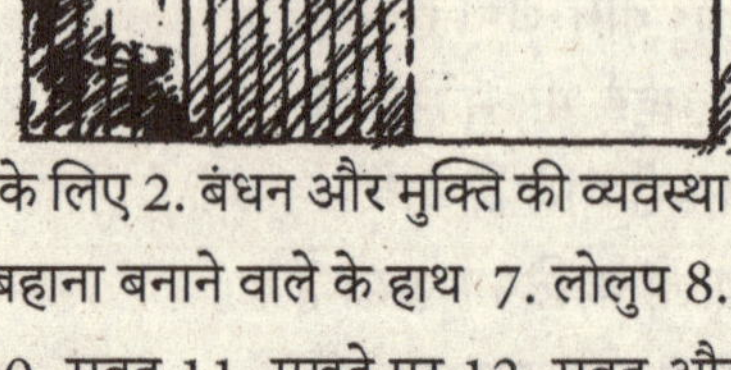

(जैल में लिखी नज़्म)

1. परिक्रमा के लिए 2. बंधन और मुक्ति की व्यवस्था 3. ईंट-पत्थर 4. क़ैद 5. कुत्ते 6. बहाना बनाने वाले के हाथ 7. लोलुप 8. कारागार का झरोखा 9. बेड़ियां 10. सुबह 11. मुखड़े पर 12. सुबह और शाम की कल्पना में 13. दीवारों और दरवाज़ों के सायों की पकड़ .में 14. जनता 15. इकट्ठे 16. आकाश पर 17. प्रतिद्वंद्वी का भाग्य 18. प्रेम निभाने की प्रतिज्ञा को सुदृढ़ 19. रात-दिन के क्रम का इलाज

# अफ़ज़ल तौसीफ़

(पाकिस्तान)

दरख़्त क़ैदी है
यहां राजधानी के
इसी शहर में
एक जेल है
लम्बी, तंग, अंधेरी
बंद सुरंग जैसी, ग़ार जैसी
इस जेल की बेरंग दीवारों के अंदर
बहुत क़ैदी रहते हैं
इन्हीं क़ैदियों में एक दरख़्त है
पीपल का
और क़ैदियों की तरह वह भी
कुछ नहीं बोलता
लेकिन सब देखता है
आवाज़ें भी सुनता है
बहुत कुछ लिखता है

इसके सीने में—
एक किताब खुली है
ज़मानों से ज़मानों तक
यह पीपल का दरख़्त
अपने पैरों के तलवों की
सफ़र की लकीरें लिए खड़ा है
पूरी सदी से इस जगह
और इंतजार करता है—
कल का
कल जब दीवारें गिरेंगी
फाटक टूट जाएगा
तो दरख़्त बोलेगा
पत्ते-पत्ते कीं आवाज़ से बात करेगा
लोगों के शहर चला आएगा
गूंगे ज़मानों की
बातें सुनाने के लिए
खोलेगा दिल की किताब
और पढ़ेगा कहानी उस शाम की
जब यहां, इसी जगह
एक साथी ने जो वक़्त का क़ैदी था
पूरी सदी के बराबर
एक लम्बा सांस लिया
और लिख दिया था—
दरख़्त के चौड़े सीने पर अपना नाम
इबारत अजीब थी
"मैं यहां क़ैदी हूं
किसी जुर्म के लिए नहीं
सिर्फ़ इसलिए क़ैदी हूं

कि मेरे बाद कोई क़ैदी न रहे"

फिर उम्रक़ैद के उस क़ैदी ने
इसी दरख़्त को दुआ दी थी—
आज़ादी के दिन तक जीने की
सब कहते हैं कि यही पीपल था
कि जिसके तने को बांहों में लेकर
वह आख़िरी हंसी हंसा
वह क़ैदी जिसका नाम भगत सिंह
आजाद लिखा गया
यह वही था
जो इसी जगह खड़े होकर
पुरानी तारीख़ के लिए
कुछ लफ़्ज़ बोला था
"मुझे ज़िंदगी की कशिश न दो यारों
मैं साम्राज्य की सूली पर झूलूंगा
इतने ज़ोर से
कि मेरी गर्दन से पहले
वह सूली टूट जाए।"

दरख़्त कहता है
कि ठीक इसी तरह हुआ
फिर दूसरा दौर आया
और नए साम्राज्य के बंदियों ने
ये इबारतें पढ़ीं
लिखने वालों के नाम पढ़े
तो उसी दरख़्त के खुरदरे तने पर
नए नामों के कॉलम सजाते हुए

ये भी लिख दिया—
हमसे बाद यह दरख़्त
अख़बार बन जाएगा
और बोलेगा—हमारी ओर से भी,
आपकी ओर से भी
और उनकी ओर से भी बयान देगा
यह पीपल का दरख़्त
हाल-चाल कहेगा हमारा तुम्हारा

हम जो गुमनाम क़ैदी थे
आज़ादी की चाहत के
हम जो गुमनाम मुसाफ़िर थे
आज़ादी के प्यार की शाह राहों के
हम जो गिरफ़्तार हुए, उस रोज़
जब शहर पर बादल थे
हम जो क़त्ल हुए, उस रात
जब शहर में सेंसर था
हमारी कहानी
कभी किसी ने नहीं लिखी
पर कौन लिखता है
कहानीकार तो क़ैदी था, एक साज़िश का
साज़िश बेनकाब होगी आख़िर
दरख़्त बोलेगा....

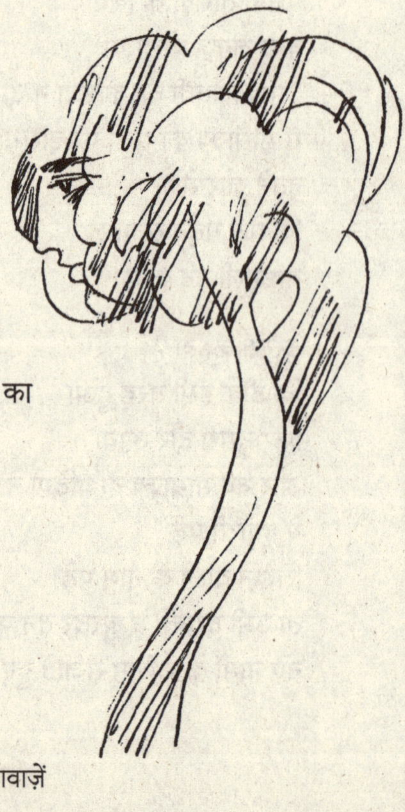

# असगर नईम सय्यद

(पाकिस्तान)

एक तोप की नाली में
चील ने बच्चे दे रखे हैं
भारी बूट का जोड़ा
धूप में सूख रहा है
तस्मे लोगों के होंठों पर लगे हैं
एक कैमोफ्लाज की हुई गाड़ी
सात सितारों वाले होटल के सामने खड़ी है
एक बूढ़ा देहाती वक़ील से लुट गया है
मुंशिफ़ के सिर पर सांप बैठा है
और हाथ में भाला है
एक बच्चा अपनी मुट्ठी में चवन्नी दबाए
ख़ाली हाथ घर वापस लौट रहा है
एक आदमी अपनी छाती पर तमगे सजाए
जैतून का पौधा लगा रहा है
1979 के जिस्म से

ख़ून टपक रहा है
उस दरख़्त के सारे महीने
कीड़ा लगे हुए सेबों की तरह
एक-एक करके गिर रहे हैं

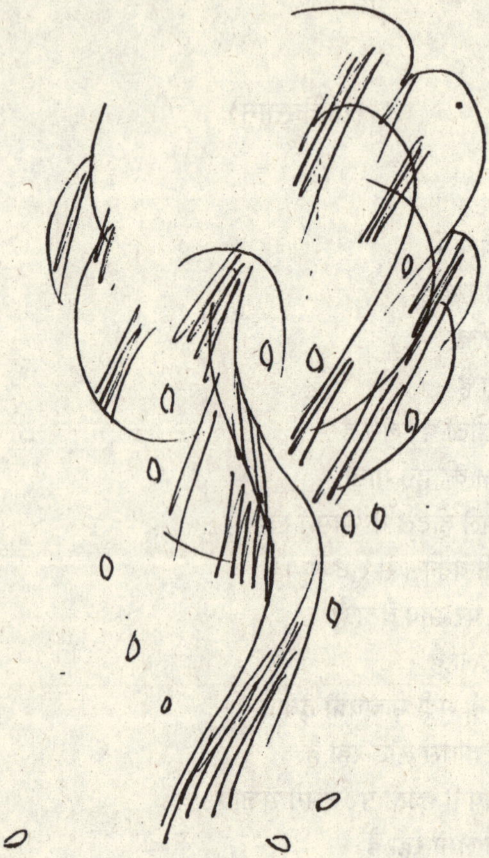

# अफ़ज़ाल अहमद

(पाकिस्तान)

## एक फांसी

सबसे पहले मैं ज़िससे मिला
वह एक लोहार था
उसने एक दिन में मेरा शिकंजा
और फांसी बना दी
मगर उसे ताला बनाना नहीं आता था

उसके साथ एक तालासाज़ खड़ा था
जिसने मेरा ताला फरोख़्त करने के बाद
उसकी कुंजी मुझे सौंप दी
जो मैं अपनी जामातलाशी के वक़्त
निगल चुका था

उसके आगे जो आदमी खड़ा था
एक चोर
जिसने वह नहर चुराई थी
जिसमें लकड़ी के कुंदे
फांसी बनाने से पहले
भिगोए गए थे

उसके बाद तो ख़ाली जगह थी
या लकड़ी के कुंदे
धूप में सख़्त किए गए थे

ख़ाली जगह के साथ
एक जुलाहा खड़ा था
जिसके तकले पर वह सूत काता गया
जिससे फांसी पाने वाले की
वर्दी बनाई जानी थी

जुलाहे के साथ उसकी
सौतेली बहन खड़ी थी
जो रस्सियां बंटते-बंटते
फांसी की डोर बँट गई

उसके आगे वह आदमी खड़ा था
जिसने मुझे पानी पीते हुए
कुएं में ढकेला था
यह वही आदमी था
जिसने मेरी गिरफ़्तारी का
इश्तहार लिखा था

इस तरह मैं एक और आदमी से
मिलने से बच गया

उसके बाद
काउंटर के दरम्यान
वह आदमी खड़ा था
जो मुझे फांसी का हुक्म देने पर
मुक़र्रर किया गया था

फांसी खड़े करने वाले मज़दूर
जिन्हें कम हैसियत होने के सबब
मुझसे मिलने के लिए
क़तार में नहीं खड़ा किया गया

मुझे हैरत से देख रहे थे
फांसी देने वालों
और मेरे दरम्यान
कोई था
यह ख़ुदा था
जो अपने मुक़ाम से नीचे उतर कर
खड़ा हो गया
इससे पहले की तरकीबों में
ख़ुदा को
फांसी देने वाले के बाद
खड़ा होना पड़ता था

आख़िरी चीज
जो मेरे सामने लाई गई

मेरी आख़िरी ख़्वाहिश थी
मैंने कहा—मेरे मरने पर
क़ौमी तराना बजवा दिया जाए
मुझे फांसी का हुक्म देने वाले ने
वादा किया कि वह ज़रूर
दारूल हकूमत को
क़ौमी तराने की एक नक़ल के लिए लिखेगा

मैंने ख़ुदा से पूछा—
क्या यह सच कहता है?
खुदा ने कहा—
वह दारुल हुकूमत के मुतल्लक़ |
किसी बात की तरदीद नहीं कर सकता

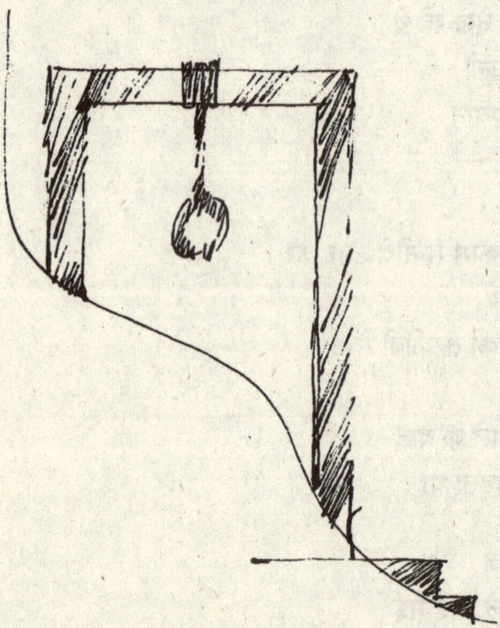

# अहमद सलीम

(पाकिस्तान)

मैं अपने ग़म की व्यापकता बयान करता हूं

मैंने तेरा दुःख लिखा
सफ़ेद दूध जैसे बिस्तर पर
टूटी हुई चूड़ी जैसी
मैंने तेरी कुचली हुई अंगुलियों की
पीड़ा लिखी
तेरे मुझाए बदन का हश्र लिखा
जिसकी बेहुर्मती करने वाले हाथ
गंदे पानी से निकले थे
और कमल की पत्ती-पत्ती कांप गई थी
तेरे होंठों की मजबूरी को बयान किया
तेरे नंगे पैरों का अनकिया सफ़र लिखा
मैं रोया
कि तुम्हें दीवारों में चुनकर

निर्माण की और इंसान की हत्तक की गई
मैंने तेरे हाथों में
ठोंक दिए कीलों की बात की
तेरी आंखों की राख की
वीरान हंसी सुनकर
मुझे लफ़्ज़ भूल गए
फिर भी एक लफ़्ज़ लिख सका
मौत

मौत
और इस लफ़्ज़ को दोहराते हुए
मैं अपने ग़म की व्यापकता बयान करता हूं...

एक चीख़ मेरी कनपटियों में जम गई
एक यहूदी लड़की का कंवारापन टूटने की चीख़
वह यहूदन थी
जवान और सुंदर
उन्होंने कहा—
"हमारे सिपाही
बर्फ़ ठंडे दरियाओं में यख़ होकर
मर जाते हैं
उन्हें जिंदा रखने के लिए
तुम हमारे साइंसी तजुर्बे का
मरकज़ बनोगे
तुम्हारा बदन बहुत गर्म है
तुम ठंडे यख़ मर्द को
बदन की गर्मी
और औरत की नरमी दो"

फिर उन्होंने उस नंगी लड़की को
एक बिस्कुट दिया
इज़्ज़त  अफ़ज़ाई की
और उसे बर्फ़ में जमे हुए
मर्द के बदन पर रख दिया

फिर कुछ घड़ियों के बाद
कंवारापन टूटने की चीख़
(बर्फ़ में जमा हुआ आदमी बच गया)
साइंस हमेशा
क़ामयाब तजुर्बा करती है
एक लड़की, वह भी यहूदन
मरती है तो मरे...
हिटलर एक शख़्स का नाम नहीं है.
एक नारे का नाम नहीं है
एक मैकेनिज़्म का नाम है
और इंसान अभी तक
अपने न होने की पीड़ा झेल रहा है...

इंसान!
और इस बदन को दोहराते हुए
में अपने ग़म की व्यापकता बयान करता हूं

"पेड़ काटने वाले
काट दे मेरी परछाई"
यह लोर्का की चीख़ थी
और जनरल फ्रांको के कुत्तों ने

दुःखों के अंधेरे में
उसकी परछाई को काट दिया

जलियांवाला बाग़ से
कंसंट्रेशन कैम्प तक
स्पेन से हिरोशिमा तक
पेड़ों का अंधेरा बहुत है
और हवा में एक लफ़्ज़ गुंजता—
इंसान
और फिर मर जाता

पेड़!
मैं इस लफ़्ज़ को दोहराते हुए
अपने ग़म की व्यापकता बयान करता हूं

दर्द की रोशनी में
हम लुका-छिपी खेलते
पुलिस के घेरें में आ जाते हैं
हवा गोलियों से बिंध गई है
एक गोली चीन को लगी
उसका ख़ून में भीगा हुआ नूर
मेरी आंखों से बहने लगा
चीन ने आंसुओं की दीवार का सहारा लिया
और फिर गिर गया
दीवार पर गोलियों के निशान
चेचक के दाग़ो की तरह थे
और वतन अंधेरे में डूब गया

वतन!
और इस लफ़्ज़ को दोहराते हुए
मैं अपने ग़म की व्यापकता बयान करता हूं

पतझड़ को बहार का गीत कहने वाले
बंदूकों की हिफ़ाजत में चलते हुए
शायरी पर गोलियां चलाने के
फ़तवें दे रहे
नज़्मे जद्दोजहद करती हैं
वो झांकती हैं—
इंक़लाबियों की आंखों से
एक महबूब लड़की की तरह
वह हाथ भी बनती है
दिलों की धड़कन भी
पतझड़ का मौसम बहुत लम्बा है
लेकिन उससे भी लम्बी है
हमारी जद्दोजहद
देश की फूट को
बहार के ख़ूनी नाम देने वाले
इस बहार के ख़ूनी हाथों को
गुलाब कहते हैं
और मौत को सवाब कहते हैं
और उस लफ़्ज़ को
एक बार फिर दोहराते हुए
मैं अपने ग़म की व्यापकता बयान करता हूं

मेरे ग़म, मेरे दोस्त
रूठ मत जाना

जद्दोजहद बहुत लम्बी है
और जिंदगी बहुत छोटी
और उससे भी छोटी है—
मौत

वे मेरी हथेलियों में
कील ठोंक रहे हैं
लेकिन अब मेरी आंखों की
वीरान हंसी
मौत के लफ़्ज़ को दोहराएगी नहीं
पतझड़ हमारे दिलों में मर रही है
मेरे ग़म को सीने से लगा लो
मैं अपने ग़म की व्यापकता बयान हूं...

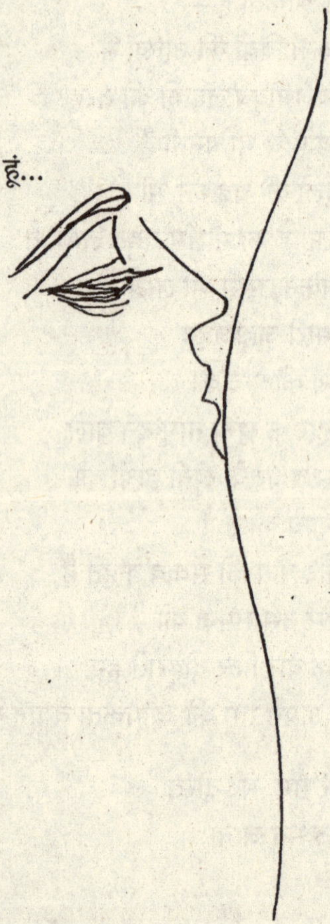

# फ़ख़्र ज़मान

(पाकिस्तान)

"बराए मेहरबानी, अपनी शिनाख़्त करवाइए"
एक फ़ौजी यूनिट के गेट पर लगी तख़्ती

मेहरबानी कि हम बेशिनाख़्त हैं
शिनाख़्त कि हम नामेहरबान हैं
मेहरबानियों के जंगल में आग लगी है
पंछियों के पंख जल गए
वे उड़ान भरना भूल गए,
उड़ान भरना भूल गए
और बेशिनाख़्त हुए

शिनाख़्तो के रेगिस्तान में आंधी चली
और उनकी आंखें अंधी हो गईं
आंखें अंधी हो गईं
और मेहरबानियों के राज़ खुल गए....

मेहरबानी जमा शिनाख़्त
नामेहरबानी जमा बेशिनाख़्त

हमारे आदर्शों को
एड़ियों तले कुचल दिया
हमारे बदन से
जगह-जगह ख़ून रिसता है
हमारी मुहब्बतों के
ताजमहल के किनारे
कंकड़-कंकड़ हुए पड़े
नामेहरबानियों के शहरों में
वे रोती दीवारों के गले लगकर
बीते वक़्त और आने वाले वक़्त
की बांहों में बंधे
गलते हुए साबुन के भीतर छुपे
बीच के पल-पल की आस में
और एक-एक पल के खुले मुंह में
वे शिनाख़्तों का दूध टपका कर
मेहरबानियां कर रहे

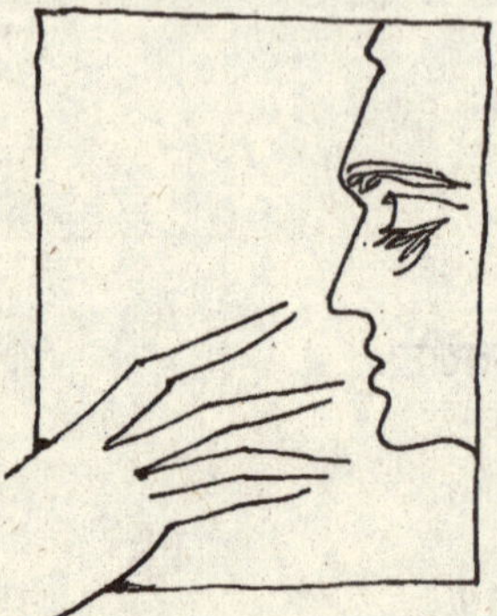

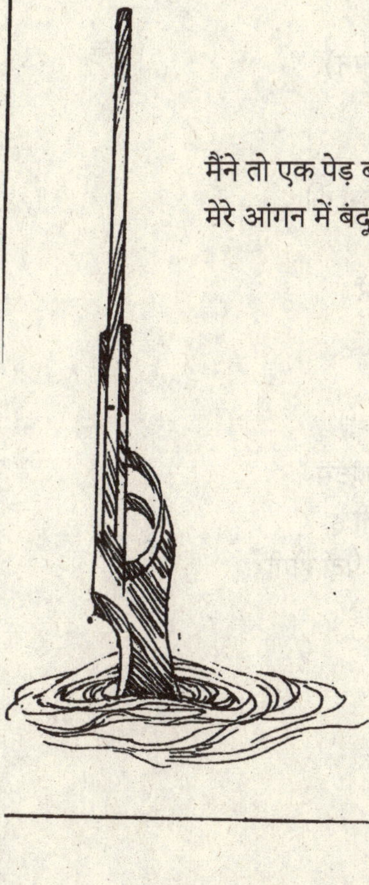

मैंने तो एक पेड़ बोया था
मेरे आंगन में बंदूक उग आई है!

नज़ीर क़ैसर

# अहमद सलीम

(पाकिस्तान)

पैदा होने से पहले बच्चों ने एक पेशकश की
कि सारी दुनिया के होने वाले बच्चो!
हम एक होकर एटम का बीज नष्ट करें
कई बच्चों ने दस्तख़त किए
और जल्दी से प्रेस कांफ्रेंस बुलाई
कहा—
जगह-जगह जड़ पकड़ते एटम के कैक्टस
जिनसे धरती की कोख बांझ हुई जाती है
अब ज़िंदगी उस फ़ाख़्ता की कोख से पैदा होगी
जिसे न्यूक्लियर के ज़ुर्म में
पुलिस पकड़ ले गई

# अतिया खान

(सिंध-पाकिस्तान)

आज मेरे आंगन में
सूरज सवा नेज़ा उतर आया है
जमीन, मेरे दिल की तरह जल रही है
मेरी बच्ची के होंठों से
दूध की बोतल छीन कर
किसी शैतान ने—
क़ायनात का जहर उलट दिया

मैंने किसी जंग का ऐलान नहीं किया था
फिर मासूम बच्ची पर दोज़ख़ उतारने वाले
ये करबला की दास्तान क्यों दोहरा रहे हैं?
मेरे दर्दमंदो!

मुझे एक मुट्ठी अल्फ़ाज़ दे दो
कि मैं बच्ची की लोरी गा सकूं

कि हवस के लहू में भीगी हुई
ज़िबह हुई मुर्गी की तरह तड़पती
मेरी बच्ची सपने में हंस सके

मेरे मुल्क के क़ानून का खोटा सिक्का
वो खिलौना ख़रीद कर नहीं दे सकता
जिससे मैं एक घड़ी बच्ची को बहला सकूं

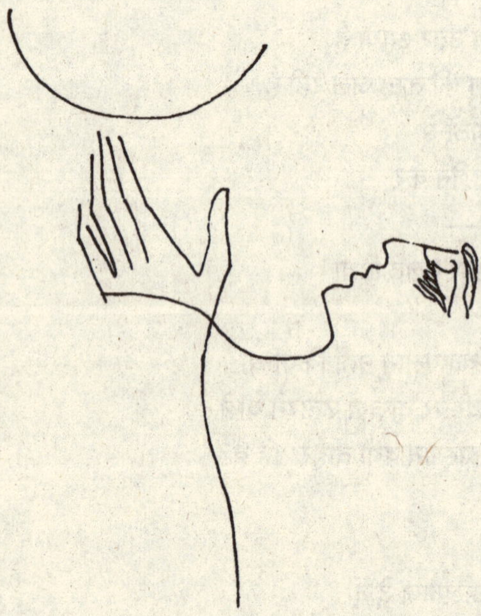

# सय्यदा गज़दर

(पाकिस्तान)

सुनो खदीजा ! सुनो फ़ातमा !
मातमी झंडियां फड़फड़ा रही हैं
कनीज़ें बागी हो गई हैं
वे दो सौ औरतें—

जो सड़कों पर निकली थीं
चारों तरफ़ से घिरी हुई थीं
मुसल्ला फ़ौज के पहरे में थीं
आंसू गैस, राइफलें, बंदूके—
वायरलेस, वैन्स और जीपें...

इंसान ! यह तुमने कैसे समझा
कि मैं, जो तुम्हें पैदा करती हूं
तुमसे शर्माकर
सच कहने से घबराऊंगी ?
जो हम दोनों के दरम्यान—

यह मुहब्बत, इज़्ज़त और
हिक़ारत का रिश्ता है...

तुम मुझसे इंसान का
दर्जा छीनते हो?
मैं तुम्हें जन्म देने से—
इंकार करती हूं...
क्या मेरे जिस्म का मक़सद यही है
कि पेट में बच्चा पलता रहे
तुम्हारे लिए—अंधे, बहरे, मूंगे
ग़ुलामों की फ़ौज तैयार होती रहे?

सुनो मरियम!
सुनो खदीजा!
सुनो फ़ातमा!
क़ानून और अख़्तियार—
उन हाथों में है
जो फूल, इल्म और आजादी
के ख़िलाफ़ फ़ैसले सुनाते हैं
और वे सारे—
का सिक्का माने जाते हैं...

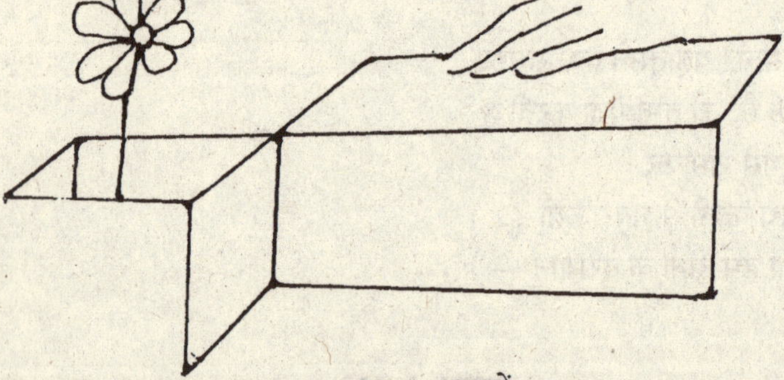

# मज़हर-उल-इस्लाम

(पाकिस्तान)

ऐ खुदा!
नए हुक़्मरानों को
वही करने की तौफ़ीक अता कर
जो वे कहते हैं
उनकी आंख की बदलिहाज़ी
दिलों को ग़रूर तक़ब्बर ख़ुशामद
और चापलूसी की दीमक से बचा
उन हुक़्मरानों के दिलों में
वह तंग गलियां, मुहल्ले
कच्ची बस्तियां आबाद रख
जिनमें खेलने वाले बच्चों का मुस्तक़बिल
जगह-जगह से उधड़ गया है...

ऐ ख़ुदा!
बीते साल ने थानों और कचहरियों के

इतने चक्कर काटे
कि उसके पैरों से छाले फूट पड़े
तेरे सामने लोगों ने गए साल को
तशदुद ज़ुल्म और गोलियों से छलनी किया
उसने हक़ तलफ़ी की सारी सरगर्मियां
आंसू पी-पी कर कार्टीं
सारी बरसात वह झूठ के जश्न में अकेला
सहम कर बैठा रहा
उसका नाम क़ातिलों की
फ़ेहरिस्त में लिखा गया
और अब यह साल
यक़ लख़्त ख़ून से लिपटा
दिसम्बर ओढ़कर चुपके से
उठकर चला गया है—

ऐ खुदा!
चरवाहों, काक़रोबों, हारियों, डाकियों
मज़दूरों और मुसाफ़िरों के खुदा
तू गए साल को
हमारी उम्रों के हिसाब में न डाल
सिसकियों, आहों, रंजिशों, आंसुओं, रतजगों,
नाक़बूल दुआओं, उदास शामों, बुझे नामों,
धमकियों, क़त्ल, वारदातों, चोर रातों
पुरफ़रेब बातों, हादसे की ख़बरों, बेनाम क़ब्रों
मसहलत की आबादियों, दिल की बरबादियों
और मैले वायदों की भीड़ के सिवा कुछ नहीं

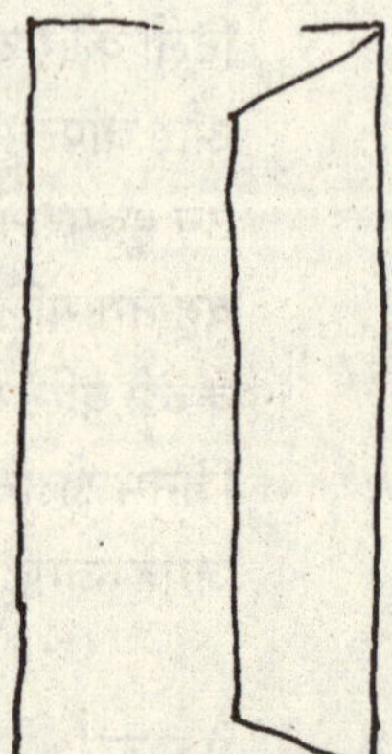

ऐ ख़ुदा!
बंदूक की ज़ुबान को लगाम दे!
चिड़िया चोंच में बच्चे का रिज़क छुपाए
क़ानून लागू करने वालों की
बंदूक से बचती-बचाती चली आती है
मगर क़रीब पड़े ब्लाटिंग पेपर ने
चिड़िया को जज़्ब कर लिया है
और अब सिर्फ़ चिड़िया की शक्ल का
एक निशान बाक़ी रह गया है

या ख़ुदा!
चिड़िया के इस निशान को
बोलने का हौसला दे!
और चिड़िया के परों पर
मेहरो-वफ़ा का विसाल लिख
ताकि वह गोलियों की ज़द से
ऊंचा उड़ सके!

या ख़ुदा!
भोपाल की जहरीली गैस के हाथों मरने वाली
मांओं, बहनों, बेटों और बुज़ुगों के लिए
जन्नत का दरवाजा खोल दे!
और उस नन्हे बच्चे की सालगिरह के
जश्न का हुक्म दे
जिसकी तस्वीर मैंने देखी है
जिसका सारा धड़ मिट्टी में
और सिर्फ़ चेहरा बाहर है...
उसकी आंखों में गड्ढे पड़ गए हैं

मगर वह फिर भी मेरी तरफ़ देखता है
हंसता है और मुस्कुराता है
उसकी हंसी एटम बम से ज़्यादा
दिल हिला देने वाली है
और किसी रॉकेट या मिसाइल से भी तेज़ है

ऐ खुदा!
उस बच्चे के सदके
एटम बमों, रॉकेटों और मिसाइलों
की दौड़ रोक दे!
ताकि अमन की फ़सल जवान हो!

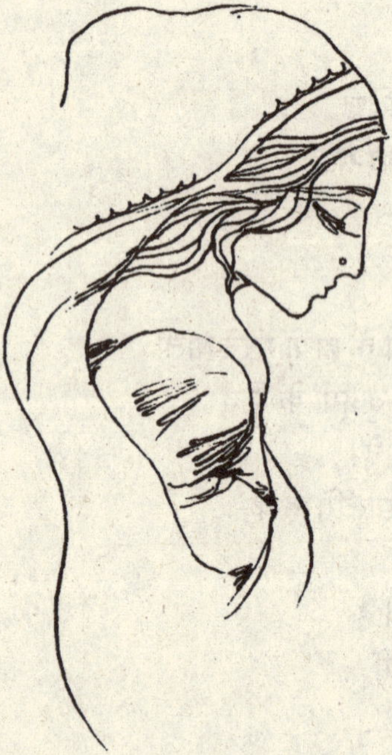

# ये आवाजें

हैनरी मिलर के एक अदीब दोस्त ने एक बार कहा था, "मिलर उस समय नीरो की तरह चुपचाप बैठा अपनी बांसुरी बजा रहा है, जिस समय रोम जल रहा है।"

और साथ ही उसने भरी हुई आवाज़ में कहा था, "और भी हज़ारों लोग इसी तरह बैठे हैं लेकिन फ़र्क़ यह है किं मिलर आग की लपटों की तरफ़ मुंह किए बैठा है...."

हमारी आज की ज़िंदगी में यह जो कुछ हो रहा है उसे 'है' कहने का और क़बूल करने का अर्थ है—कंसंट्रेशन कैम्प, हिटलर, स्टालिन, मशीनगन, सबमैरीन, बम, नारे, गैस-मास्क, जासूस, प्रेस, सेंसरशिप, खुफ़ियाक़ैद, एस्प्रिन, हॉलीवुड फ़िल्में, राजनैतिक क़त्ल इस सब कुछ को और भी बहुत कुछ को भुगतना, मिलर किसी पारदर्शी व्हेल मछली के पेट में पड़े हुए उस साबुत मनुष्य की तरह है जो सब कुछ देख सकता है लेकिन अपनी जगह से कुछ इंच भी हिल नहीं सकता...

सभी ज़मीर वाले वक़्त-वक़्त के मिलर होते हैं, जाने क्या-क्या देखते हैं और उनका ज़हर क़तरा-क़तरा रोज पीते हैं लेकिन हममें से ही कुछ वे होते हैं जो व्हेल मछली के पेट

को चीरकर बाहर निकलते हैं, और फिर बाहर जो कुछ उन पर घटता है 'ये आवाज़ें', उनकी आवाज़ें हैं...

कुछेक कानों में पड़ती और हवाओं को चीरकर सुनाई दे जाती हैं, और पता नहीं कितनी आवाजें सिर्फ़ बवंडर बन जाती हैं

इनमें कुछ आवाज़े वे भी हैं जो मैंने आवाज़ वालों के होंठों से सुनीं, पास बैठकर, जैसे अफ्रीका के माज़िसी कुनैने की आवाज़, जर्मनी के कंसंट्रेशन कैम्प में सारी जवानी गलाकर किसी तरह झुर्रियों की उम्र में बच निकली लोता की आवाज़, पाब्लो नेरुदा की आवाज़, निकोला वाप्तसारोव की, अभी भी उसकी याद में रोती, जीती उसकी पत्नी की आवाज़, मुझसे गले लगकर मिली ब्लागा दि मित्रोवा की आवाज़, ल्यूबोमीर लैवचैव की आवाज़, वोज़ने सेंसकी की आवाज और कश्मीर में अपने जद्दी घर के जलाए जाने पर रोती और गाती जया सिब्बू की आवाज़।

फ़ैज़, तौसीफ़, फ़ख़र ज़मान और अहमद सलीम जैसे मित्रों के पास बैठकर सुनी हुई आवाज़ें और मज़हर उल इस्लाम की आवाज़ जो सुनी तो दूर से लेकिन ऐसे जैसे वह मेरे अपने अंदर से सुनाई दे रही हो...

खुदा जाने, चेकोस्लोवाकिया, यूगोस्लाविया, हंगरी, बल्गारिया, जैसे देशों में जहां-जहां आवाज़ वालों के गांव- कस्बे थे वहां-वहां जाकर दीवारों से कान लगाती रही, उस रेलवे लाइन पर भी गई, जहां कभी हंगरी के आतिला योजेफ़ ने सब यातनाएं बदन से छिटककर चलती गाड़ी के नीचे सांस तोड़ दिया था...

और जाने कितनी आवाज़ें हैं धरती के टुकड़े-टुकड़े से

उठती हुईं जिन तक मेरी पहुंच नहीं है लेकिन वे सारी आवाज़े इस क़ायनाती हवा में क़ायम हैं।

आवाज़ कभी मरती नहीं और जाने किसी दिन बमों और बंदूकों को भी यानी जिनके हाथ में वो हैं उन्हें कान नसीब हो जाएंगे, और धरती पर अमन की आमद हो

सकेगी।

धरती भी शायद इसी उम्मीद पर उजड़ती और बसती है और उसकी आवाज़ मेरी रगों की धड़कन में है :

एक पेड़ था
जिसके एक-एक पत्ते पर
उसके रगो–रेशे में
जाने कितने काल थे
मैंने उगे हुए देखे थे
हर पत्ते पर एक ऋषि का चेहरा
काल की पहचान नहीं पड़ती
शायद नक्शो-निगार में होगी
और लगा
पेड़ की जड़ों को छुपा कर
छाती से लगा कर
जाने यह धरती—
कितनी धन्य हुई होगी!

तारीख़ ने एक करवट ले ली
हवाओं की तरह मैं कांपती रह गई
तो इसी पेड़ के पत्तों पर
उसके रगो-रेशों को बींधती

एक-एक गोली का निशान था
और टहनियों से दूध नहीं
अब ख़ून रिसता था
कौन. जानता कि वही धरती
जड़ों को छुपा कर
छाती से लगा कर
सुन्न हुई बैठी
जड़ों से कान लगाती
शायद सोचती होगी
कि जड़ों से
एक हरी पत्ती की आवाज़ आएगी
और यह निगोंड़ी तारीख़ बदल जाएगी

अमृता